FLAMENCKILLER

LOLA RETURNS

JMS GUITIÁN

Categoría: Novelas | Colección: Thriller

Título original: *Flamenco killer, Lola returns*

Primera edición: Septiembre 2019
© 2019   Editorial Kolima, Madrid
www.editorialkolima.com

Autor: JMS Guitián
Dirección editorial: Marta Prieto Asirón
Maquetación de cubierta: Sergio Santos
Maquetación: Carolina Hernández Alarcón

ISBN: 978-84-17566-65-4
Depósito legal: M-26442-2019
Impreso en España

«Vivir es herir, ser herido. A veces, en nuestros recuerdos las heridas cicatrizan, pero casi siempre permanecen abiertas cubiertas por una fina costra que se resquebraja con palabras; también hay momentos en los que esas heridas parecen no haber existido».
Para M

«Nunca segundas partes fueron buenas».
Bachiller Sansón Carrasco, El Quijote,
Miguel de Cervantes

ÍNDICE

FLAMENCO KILLER II

lamenco Killer II, Lola Returns es el segundo de una serie de libros que tienen como protagonista a Lola Ramos, sicaria, feminista declarada, *hitwoman*, ex agente especial del FBI, que tiene una academia de baile flamenco en Manhattan Beach, Los Ángeles; hija de una *sniper* del Ejército americano, Tarissa Olomo, y de un guitarrista gaditano con tablao en Long Beach, Macareno Ramos. Esta viuda, que tiene una hija de cuatro años, Encarna, nos cuenta en primera persona sus ascsinatos y pensamientos en un intento de conciliación de su vida familiar y profesional.

Próximos títulos de la serie:
1. *FK, L.A. muerte.* Primavera 2020
2. *FK, Spain is different.* Otoño 2020
3. *FK, Hollyblood.* Primavera 2021
4. *FK, Back to Cádiz.* Otoño 2021
5. *FK, Beverly Hells.* Primavera 2022
6. *FK, Hastaquihemosllegao.* Otoño 2022

I. SALÍA

¡Aaayyy!
Puse la mano en el agua
para lavarme la herida.
La sangre teñía de rojo
la ola que me cubría.
Estaban llorando mis ojos
lágrimas de sal marina,
la espuma sobre mi rostro
despertándome a la vida.
I put my hand in the water
to see my bloody grater.
The sea dyed in red
I was covered by a wave.

El flamenco siempre comienza con un pequeño interludio de la guitarra, la *salía* de guitarra, esa introducción que sitúa el sonido en su tono y manda callar al respetable –y al que no lo es tanto también– con un preludio de pellizco y rasgar de las seis cuerdas.

Luego llega el temple de la voz, que se une a la guitarra, lo que se llama la *salía* del cante. Son las *tarabillas* o *glosolalias*, esas sílabas sin sentido y con todo el sentimiento como es el *iaaayyy!*, el *quejío*, que rompe la voz del cante jondo, o como son las onomatopeyas como los *alalas*, *larales*, *lereles*, el *tan taran tan*, o el...

> *Tiriti tran tran tran*
> *tiriti tran tran tran tran*
> *tiriti tran tran tran trero*
> *ay tiriti tran tran tran...*

Esa es la *salía* del cante por alegrías. Luego vendrá la *salía* del baile.

Apenas podía abrir los ojos; la boca se me había llenado de arena y me costaba respirar. Era de noche; no podía ver nada con claridad, solo una oscuridad borrosa que se filtraba a través del pelo mojado sobre mi cara y mis ojos amoratados. La ola me arrastró unos metros revolcándome sobre las algas gelatinosas que se habían acumulado con la subida de la marea, dejándome boca arriba. Yo llevaba puesto mi traje de faralaes rojo de lunares blancos, el de cola larga, que se había desgarrado dejándome un hombro al aire; ahora era un revoltijo mojado que pesaba un quintal y tiraba de mí de nuevo hacia el mar.

No tenía fuerzas para incorporarme, reptar o seguir respirando; para esto último no hacía falta la voluntad, menos mal.

Tomaba aire cuando el impacto de una nueva bocanada de agua y espuma cubrió mi rostro y llenó mi boca de agua salada, turbia, donde se mezclaban ya la arena fina, la saliva densa y la sangre que amenazaba con coagularse. Una arcada que emergía desde mi estómago arrojó en la orilla bilis, lo que me quedaba de alimento en el interior, poco. Los músculos del abdomen se me contrajeron y llevé mis manos al vientre en un tic espasmódico de intenso dolor que me dejó de medio lado y achicada, como una dismenorrea; así lo sentí, como un calambre menstrual.

Me dolía todo; media hora de lucha contra el mar me había dejado una costilla rota, innumerables heridas abiertas y moretones en todo el cuerpo, que se habían sumado a la andanada de golpes que me habían dado previamente. Estaba lo que se dice hecha un Cristo y el vestido había quedado para tirarlo a la basura; parecía más el Jesús de *La Pietá* de Miguel Ángel que la sicaria, madre soltera y profesora de flamenco que soy.

Te preguntarás que cómo había llegado ahí.

Ahora voy a contártelo; primero déjame que coja fuerzas, ya que las mujeres somos de contar las cosas despacio, sin prisas, con detalles, que para muchos hombres son insignificantes, pero que son, esos detalles de las historias, la esencia de nuestras vidas. Verás, disfrútalo y no seas impaciente, que si por muchos fuera ya estarían deseando que el libro terminara. Así son ellos.

Miré a lo alto y divisé la línea de luces que marcaban el paseo peatonal que recorría la costa de Palos Verdes desde el Cabo Vicente hasta Hermosa Beach.

Me acordé de Encarna, mi hija. Me vi con ella; estábamos sentadas en las sillas de la cocina y me miraba fascinada; yo tenía en la palma de mi mano una moneda japonesa de cobre. La enhebré por el agujerito central, uní los dos cabos con un nudo y se la puse alrededor del cuello como si le pusiera una medalla olímpica. Lo recuerdo, que una madre siempre tiene a sus hijos en la mente. Así es.

Yo soy Lola Ramos y todavía no han acabado conmigo.

Han pasado dos meses desde que maté definitivamente a mi marido muerto. ¿Lo recuerdas? Te lo conté. Los dos éramos agentes del FBI, nos casamos. Él murió en una trampa, o eso creí. Estaba embarazada, me borré del FBI, nació Encarnación y cinco años más tarde él apareció de nuevo en mi vida y me lo cargué. Un resumen muy rápido para que te hagas una idea de por lo que he pasado.

Se cuenta fácil ahora, pero fue un momento muy complicado, que las mujeres contamos las cosas complicadas con desenvoltura y como si nada. ¡Lo que hay que tragar! Tendemos a hacer de todo un ovillo de lana con el que juega el gato de la realidad, ¿o no?, digo.

El año que cumples los treinta y seis es un año difícil en la vida de una mujer. Me imagino que cuando llegue a los treinta y siete diré lo mismo. Quizá llegue a la conclusión de que no hay años fáciles en la vida de una mujer. No lo sé todavía, te lo iré contando.

Encarna, mi hija, con cinco años ya está muy integrada en el colegio, que la chiquilla va muy contenta y eso les da mucha tranquilidad a las madres. Aunque la llevo a la psicóloga infantil para prevenir, que la niña dibuja cosas muy raras de tumbas y cruces últimamente que a mí me hacen sentir fatal cuando las veo, pero me ha dicho Margaret, su psicóloga, que no le dé importancia, que todo va bien; que yo me pregunto si me habrá salido una hija gótica. ¿Serán los genes de su padre? Las cosas buenas las ha heredado de mí, las malas seguro que de su procreador. Yo por dentro no le doy el título de padre, visto lo visto, y he borrado su nombre de mi tatuaje; ni lo pronuncio, mira.

Mi padre, Macareno Ramos, se ha echado un socio chino, Xin Lee, y ambos han abierto —ha sido esta misma noche— un tablao flamenco en Long Beach, el Flame&Co, que se puede traducir como «llama y compañía», cerca del puerto. Pretenden que, además de tomar unas copas y ver el espectáculo, se sirva algo de comida, y ahí es donde están teniendo discrepancias, que mi padre apoya más el servir gazpacho, jamón serrano loncheadito y queso curado de oveja, y su socio chino se inclina más por el dimsum, los boles de arroz blanco y el *orange chicken* para comer con palillos, que aunque no es una receta china –ni en China saben que existe el *orange chicken*–, es el plato chino supuestamente preferido de los americanos.

A ver, ¿por dónde empiezo?

¡Ah sí! Hace unos dos meses, durante el entierro de mi marido en Montana recibí una llamada convocándome a una reunión; el objetivo de la misma: contratarme para matar al mismísimo presidente. Ahí queda eso.

Nosotras somos más de contarlo todo. A los hombres les cuesta expresarse, comunicar lo que piensan, si es que piensan en algo. Nosotras no entendemos que no se pueda pensar en nada y ellos no entienden que los huecos que dejan sus silencios cuando ellos no hablan nosotras los cubramos con nuestras cavilaciones.

Me arremangué la cola del vestido y tomé el camino que zigzagucaba hasta la cima cuando la luna hizo su último intento de asomarse entre unas nubes. Me dolía el costado cuando respiraba; seguro que tenía una costilla rota.

Yo estaba ahora en la *salía* del baile, cuando la guitarra invade los rincones y el *cantaor* ya ha templado la voz. La *bailaora* permanece inmóvil después de haber dado los cuatro pasos que separan la realidad del cuento que es un tablao flamenco: sillas de rejilla, guitarra, suelo de tabla y un fondo oscuro donde cabe de todo. El flamenco huele a madera golpeada.

Llegué a la cima; en el paseo apenas se veía movimiento. Solo una pareja de sombras caminaba a paso atlético al fondo. No tenía ni idea de la hora que era. De la docena de mesas que estaban dispuestas para el disfrute y uso del personal haciendo picnics frente al mar solo una estaba ocupada a esas horas por una pareja. Entre beso y beso, ella miraba al horizonte y bebía de un vaso rojo de plástico y él comía un sándwich envuelto en papel de aluminio y posaba su mano derecha sobre la teta de la susodicha; lo que se dice un prometedor comienzo para una noche romántica con final en coche y que yo iba a estropear con mi entrada en escena con aquella pinta de loca vestida de flamenca *homeless*.

Me acerqué a la pareja, pasé de sombra a forma definida, consciente en ese instante de que debía estar hecha un adefesio porque ella se giró al escuchar mis pasos, gritó y agarró con fuerza el brazo de su chico, que tenía puesto todo su afán en el tacto del pecho derecho de la chica.

—*No, don't panic; I just fell down the cliff when I was taking a selfi.*

Los dos jóvenes me miraron asustados y recorrieron con un movimiento de cabeza, de arriba abajo, el traje de cola que parecía sacado del guardarropa del infierno. Él seguía con la mano en forma de cuenco sobre el seno de la chica; ella lo apartó de un codazo, cosa que le sentó muy mal al joven barbilampiño. El destete es lo que tiene, que siempre te pillas un berrinche.

Ella se tranquilizó después de mis palabras; lo de los *selfis* era una buena excusa, que cada vez hay más idiotas despeñándose por hacerse una foto arriesgada con el móvil. Él seguía mirando a los lados cabreado y luego se dedicó a mirar de reojo mi pecho apenas cubierto.

Él recibió un nuevo codazo en el esternón que le dejó sin aire; era la segunda vez que bajaba la mirada sobre mi escote. Su novia no estaba dispuesta a consentirle visiones perversas y a hurtadillas a su amado novato.

Necesitaba llamar a mi padre para que me fuera a buscar; Long Beach estaba a apenas seis millas de allí. Les pedí un teléfono y la chica me ofreció el que estaba sobre la mesa, el de él. Llamé a mi padre, Macareno. Estaría ahí en veinte minutos para recogerme.

Un rato antes estaba bailando templada en la presentación del tablao y ahora tiritaba destemplada bajo las estrellas.

Miré de soslayo entonces el sándwich que se estaba comiendo él y al que apenas le había dado una dentellada; ella se percató, se lo quitó de la mano y me lo ofreció sin reparos. El tipo me estaba cogiendo manía por segundos. Ahora yo estaba devorando su húmedo sándwich de pavo, tomate y rúcula con ansiedad. Luego ella se acercó al coche y me trajo una cazadora de algodón de los Lakers.

Aquello fue demasiado. Era su «cazadora de la suerte», dijo él, y no estaba dispuesto a cedérsela a una *homeless*; ella no hizo ni caso al comentario. Contenida, me la puse sobre los hombros; tenía frío.

El muchacho estalló.

En unos segundos se formó una tangana entre los dos jóvenes que acabó con todo el romanticismo prometido de esa noche. Aquel egoísta se iba a quedar sin plan y sin novia. Ya se había quedado sin teta, que las chicas somos así, que estaremos ciegas de amor pero cuando abrimos los ojos y descubrimos la verdad nos convertimos en enemigas íntimas, y aquel tipo acababa de exponer ante su chica su insensibilidad con toda la crudeza.

–*You are selfish, without sensibility, you only think of yourself. You are sexually depraved, you only think of touching my breasts. You just want your Warriors' jacket.*

–*It's from the Lakers* –corrigió temeroso el chico mirando la chaqueta que se posaba sobre mis hombros.

Los Warriors es el equipo de San Francisco y los Lakers de L.A. «Elei» es como los locales llamamos a Los Ángeles.

–*Asshole. Leave me in my house.*

Le dije a ella que se fuera tranquila, que mi padre me iba a ir a buscar e hice el ademán de quitarme la chaqueta y devolvérsela. Ella me miró y, cuando estaba a mi lado dijo, abriendo mucho los ojos y arqueando las cejas:

–*Take it, and then... burn it.*

El coche se alejó con un acelerón que levantó piedrecitas y polvo, y el lugar se quedó iluminado por la luna. Me senté a la mesa a esperar.

Espera. Estaba contándote lo de la reunión para matar al presidente antes de destrozar este posible noviazgo juvenil; a lo mejor hasta hubieran sido un matrimonio feliz. Me sentí mal.

La cita había sido en el Westwood Village Memorial, un pequeño y coqueto cementerio situado tras unos edificios altos de oficinas, enfrente de la universidad de UCLA.

Yo estaba sentada en un banco de piedra que custodiaba el nicho de Marilyn Monroe, siempre con alguna flor, con algún beso dibujado por labios llenos de carmín y con algún mensaje de amor que algún devoto había introducido en alguna de las ranuras entre losa y losa en un intento de contactar con el mito en el más allá. Debajo del nombre dos años, 1926-1962. Ahí sigue, un icono de la mujer exuberante, sexy, bella, simpática y que había tenido un *affaire* con un presidente.

Buen sitio para hablar de otro presidente.

El negro y lujoso Bentley entró en el recinto y con elegante parsimonia se fue acercando a donde yo estaba. Las dos puertas de atrás se abrieron; primero bajó un joven con gafas que corrió a ofrecer su brazo a un anciano que aguardó la llegada del muchacho para bajarse y andar unos pocos pasos con fragilidad; le calculé más de noventa años. Me vio y sonrió elegantemente.

—*My name is Henry Brand. It is a pleasure to meet you.*

Durante unos momentos se quedó mirando la lápida rosada en cuyo interior descansaba Marilyn, luego se sentó tranquilo como un guitarrista flamenco en su silla de mimbre que sabe que el tiempo lo determinará el que escucha.

El acompañante joven de las gafas oscuras se colocó junto a la puerta del coche del vehículo de lujo negro y aguardó.

–*I want to hire you to kill the president* –dijo el anciano con frialdad. Luego guiñó un ojo y sonrió–. *But I want him to stay alive.*

–*Mr. Brand, do you want me to kill him or not?*

–*I am republican and want both things, my lady. To kill and to save him, dear.*

Creí que me estaba contratando un loco, pero le dejé un tiempo y me lo explicó.

Henry Brand pertenecía a una familia conservadora de rancio abolengo de la estirpe de Lincoln. Estaba horrorizado con el actual inquilino de la Casa Blanca, al que había votado tapándose la nariz, dijo, un tipo brabucón, soez, misógino, con la meritocracia que otorga el dinero heredado como especulador inmobiliario, y con una fama agrandada por sus petulantes intervenciones en el *prime time* televisivo.

Henry Brand había encargado un estudio de los mejores *hitmen* del mundo y había llegado a la conclusión de que solo yo, una *hitwoman*, tendría la oportunidad de acercarme al mandatario con ese punto de salido que tenía el *gachó* en cuestión.

Me halagó diciendo que yo era una mujer atractiva, americana y sin vinculaciones con extremismos, ex agente del FBI y *bailaora* de flamenco. Él adoraba el flamenco. Me pagaría una cifra de seis ceros y me ponía una condición: no tenía que ser un atentado fallido, sino que el *target* debería tener muy claro que de haberlo querido él estaría muerto.

Matarlo pero que siga vivo…

–*Quilla*, te fuiste del tablao sin avisar. ¿Qué *ta pasao*?, ¿te has *caío*? –mi padre hablaba desde su viejo Oldsmobile 442 que había llegado por un costado sin apenas hacer ruido.

Yo estaba sentada sobre la mesa de picnic.

–Me han tirado.

–Pues lo han hecho desde muy *arto* o muchas veces. Sube. –Se estiró y abrió la puerta de coche–. A mi primo el Lechuga, que tenía gafas y era *mu desaborío*, lo habían *tirao* sus hermanos desde el muelle al agua y había caído en todo el medio de una mancha de alquitrán, que cuando salió del agua parecía el monstruo del *lagoné; ozú*, que la gente se santiguaba al verlo, que parecía un *zumbi* andando por la calle Virgen de la Palma asustando a los turistas.

El interior del viejo vehículo era una suma de recuerdos: un rosario colgando del espejo retrovisor, un toro de lidia pegado en el salpicadero, dos estampas de la Señora del Rosario, la patrona de Cádiz, incrustadas en las rejillas de ventilación, la foto de mi madre en un portarretratos dorado, y otra foto que yo le había regalado el mes anterior, una en la que estaba con Encarnación. Me senté con cuidado sujetando la cola y solté un bufido.

–¿Quién te ha hecho esto?

–Los yakuzas.

–*Joé*, Lola, ¿eso de las burbujitas de las bañeras de los hoteles? Qué peligroso es el relax acuático, mi *mare*.

–No, la mafia japonesa.

–¡Dios bendito!, qué *malajes*. Mira que en Japón es locura con el flamenco. Tu tío Pepe, el Sanguijuelo (lo llamábamos *asín* porque desde chico les chupaba la sangre a mis padres), sisaba más que la chacha de los Sánchez. Tu tío era *bailaor* en Yokohama; Dios lo tenga a su *lao*, *mejó* que a su *esparda*. Tenía el nombre artístico del «Niño del Sol Naciente». Un innovador del flamenco era, que se colocaba en la frente una bandana blanca con un punto rojo *asín* de grande que parecía que iba a estrellar el coche contra un muro cuando conducía, que allí conducen por la izquierda, un lío de mil *pare* de cojones para entenderse, *pa* ellos. Murió, sí, por la innovación del flamenco, decía el gachí. Le dio un viento *torsío*, *asín*, y se cayó del escenario en un giro de fandango, que él bailaba con dos espadas japonesas, las *castañas* esas, una mezcla muy arriesgada del flamenco, más que Pitingo cantando a Los Beatles. Que tu tío Pepe quedó ensartado como un pincho moruno y los japoneses no paraban de aplaudir, un desaguisado, uff. Lo que tiene el mal entendimiento del arte. Él siempre había sido muy innovador, Dios lo conserve en su memoria porque en los libros del flamenco no vas a encontrar su nombre. *Fueraparte*, Lola, ¿te has hecho de los Lakers?

Cuando mi padre me vio de cerca se dio cuenta de la gravedad de mis heridas y me llevó a ver a su amigo Ranjit Kaur, un médico de Long Beach que ejercía por libre y que según las malas lenguas era más un curandero que un médico, sin título decían, y te recetaba siempre productos naturales para curar. Oriundo de la India, mi padre le daba clases de guitarra los jueves por la mañana en su consulta. Macareno entraba en la sala de espera y Ranjit, que salía con su turbante y le decía: «*Come on in, Macareno*», y todos se quedaban esperando y escuchando los acordes de guitarra, toda la consulta abarrotada y nadie decía *ni mu*. Sesenta dólares la hora le cobraba al indio por las clases de flamenco. Mucho te tiene que gustar.

Cuando llegamos a casa de Ranjit se escuchaban desde la calle los acordes de una guitarra al ritmo de una rumba.

–El *pisha* es un *mostruo*. Como siga así nos intercambiamos de profesión; él se va al tablao y yo me meto en su consulta a recetar aspirinas a *to quisqui*.

Nos recibió en pijama a rayas y con el turbante puesto y nos hizo pasar a la consulta, que olía a sándalo. Con paciencia infinita Kaur fue herida por herida echando ungüentos, óleos y ceras de distintos tonos y olores.

–*Xoxo*, solo te falta la harina; pareces un bienmesabe rebozado, que el moreno este te va a *meté* en una sartén y hacer contigo una fritura. Tanto aceite que te ha *echao* el indio *joputa*.

En dos semanas tenía que estar lista; iba a bailar para el presidente. Pero antes tenía que encargarme de los yakuzas.

Me alejé de la playa,
caminé sobre la arena
dejé a la mar gritando
mi dolor sobre las piedras.
Se cerraron las heridas,
la sal escribió en mi piel
el nombre que en la batida
dejó su tatuaje cruel.
The sky talks to aspire
the wind remember me.
I put my face in the fire
to burn the memory.

II. BAILAORA

Mis tacones se arrancaron.
Piernas, columnas de mármol eran
que se doblaban al tiempo
con los brazos, donde fueran
con la armonía del viento.
En mis manos dos pistolas
con treinta balas cargadas.
La sangre las aguardaba.
Disparo. Mi corazón latía
y era su muerte que se acercaba.
I keep dancing to hell...

El flamenco es en gran medida un baile individual, de sello personal, cargado de emoción y sensualidad, de espacio cerrado y reducido, cuerpo a cuerpo, lleno de una improvisación trabajada y donde el rostro se contrae serio y profundo, casi en éxtasis cuando se realiza el rito. Si hay un baile que representa la pasión entre la vida y muerte, ese es el flamenco; por lo tanto, una *bailaora* tiene eso de asesina: agresiva sobre el escenario, estratégica para elegir el palo y el momento de la muerte, y la memoria para el pulso, la tensión de todo su cuerpo desde el arranque al cierre de la muerte cobrada.

Bailar es como matar y una *bailaora* es una asesina con alevosía, ensañamiento y recompensa. Las *bailaoras* matan la indolencia y la fragilidad interior de los espectadores, eso hacen. Yo, además, acabo con la vida de hombres malos que maltratan a las mujeres: soy una *flamenco killer*.

Acababa de regresar de estar tres días en Boston. Dorothy O'Brian me había contratado para acabar con el pederasta Sean Murphy, que, protegido por sus votos monásticos y el silencio vergonzante de la Iglesia, había sido párroco en Our Lady of Mercy durante veinte años. Este delincuente se había disfrazado de cura, había utilizado su condición de pastor de personas para realizar todo tipo de abusos, agresiones y violencia a más de una veintena de niños con apenas capacidad para describir semejantes atrocidades y a los que el tal Murphy engatusaba con palabras engañosas o coaccionándolos con la excusa de un secreto místico. El padre Murphy era un depredador sexual que había encontrado en el ámbito religioso la manera de dar rienda suelta con actos ignominiosos a sus desviaciones sexuales. Hablemos claro, si el pedófilo es un enfermo mental, el pederasta es un criminal sin escusa, sin justificación o eximente. Así lo creía cuando acepté acabar con un hombre disfrazado de sacerdote que se llamaba Sean Murphy.

El cielo de la capital de Massachusetts amanecía plomizo y tormentoso. A sus setenta años, vestido con un traje elegante negro y con el alzacuellos puesto a modo de camuflaje paseaba, como cada mañana, por los alrededores de su residencia, una casa de ladrillo rojo, muy bostoniana, donde el arzobispado había concentrado a un número elevado de estos depredadores que deberían estar en la cárcel. Pero el trabajo jurídico de un reducido grupo de bufetes de abogados, ahora millonarios, había dado como resultado la absolución de este colectivo con sus nada inocentes rostros arrugados, utilizando para este empeño absolutorio grandes cifras en indemnizaciones que las arcas episcopales habían aportado para las víctimas, así como una multitud de trapicheos judiciales que se amparaban en la vergüenza que supondría para una institución como la católica semejante escarnio público. Vomitivo.

Se notaba que Sean Murphy era un tipo metódico. Siempre hacía el mismo recorrido desde la residencia hasta la iglesia de San Pancracio. Desconfiado, miraba con frecuencia a los lados y para atrás como esperando que el castigo que merecía llegara por la espalda en forma de venganza. No levantaba la vista al cielo nunca. Hoy aceleraba el paso ante la posibilidad de que la lluvia hiciera su aparición antes de lo esperado a modo de tormenta.

Mi idea era acabar con él empalándolo cuando entrara en la iglesia de San Pancracio, que a esa hora apenas tenía concurrencia. Le había echado un vistazo a una escultura de madera policromada de San Longino de tamaño real que estaba a pocos metros en un altar cerca de la entrada del templo. Tenía previsto pedirle prestada la lanza a este centurión que según la tradición exclamó aquello de: «*En verdad este era el Hijo de Dios*» después de la muerte de Jesús en el Gólgota. Iba a utilizar la forma de ejecución preferida por el príncipe de Valaquia, Vlad Tepes, inspirador del personaje de Drácula. Ideas que tiene una.

Después de su paseo matutino, en su rutina el monstruo entraría en la iglesia construida en honor del santo que había sido decapitado siendo casi un niño y que estaba en un costado del paseo llamado Freedom Trial, un recorrido de un par de millas marcado por una línea roja que discurre por el centro histórico de la ciudad.

Comenzó una lluvia leve.

El objetivo estaba ya cerca, a apenas dos calles. Yo estaba observando bajo mi paraguas al individuo perverso, arropada por un grupo de turistas que deambulaban alrededor de la estatua de Benjamin Franklin haciéndose *selfis*.

Sonó el primer trueno que removió el aire y dirigió las miradas de todos al cielo, que acumulaba una extraordinaria potencia eléctrica. La gente se dispersaba buscando un interior donde protegerse. Comenzó a llover con más fuerza.

Un rayo cayó a poca distancia sobre un pararrayos que lo canalizó a tierra.

Volví a mirar la estatua y observé mi paraguas.

Mira tú por dónde, uno de los padres fundadores de los Estados Unidos me había inspirado una nueva idea para acabar con el endemoniado tipo. Deseché el empalamiento.

Otro rayo más cerca.

Agarré con fuerza el paraguas y rompí el mango que lo sujetaba, luego arrojé la empuñadura a una papelera y me dirigí al encuentro del farsante con alzacuellos que aceleraba su zancada mirando al suelo que comenzaba a humedecerse.

–*Father, give me your blessing* –le dije al hombre, que me miró con sorpresa.

Le di el paraguas sin mango y me arrodillé.

Al tal padre Murphy no le dio tiempo a pensar nada; se vio desconcertado ante una ferviente feligresa arrodillada con las manos unidas en forma de rezo esperando su bendición. El hombre sujetaba el incómodo paraguas que yo le había dado por la varilla metálica y alzó la mano libre para moverla en señal de una cruz.

¡Trrrruuummmmmpppppp!

El rayo cayó sobre el paraguas y la corriente pasó a su mano desnuda. Trescientos kilovatios, que pasaron de la varilla metálica del paraguas por su puño a su corazón, que se paró al momento y él cayó desplomado a mi lado.

Que yo pensé en lo bueno que había sido estudiar en mi etapa escolar Física y el funcionamiento del invento del pararrayos de Franklin, el intelectual llamado *«The First American»*. Benditos estudios. Miré al cielo y me pregunté si no había sido otro el que se había tomado la venganza por su rayo.

Se me pusieron los pelos de punta de la descarga; parecía que me había hecho una permanente afro. Me fui andando bajo la lluvia. Cogí un Uber que me llevó al aeropuerto. De ahí regresé a casa, a Los Ángeles. Seis horas de vuelo y yo con estos pelos, que parecía Lenny Kravitz después de un concierto.

Fue dos días más tarde, después de una clase de flamenco, que se acercó ella frágil y delicada. Akiko era una alumna ejemplar. Lo que no tenía de ímpetu y temperamento lo tenía de elegante y artístico; bailando movía los brazos como un manojo de espigas cimbreadas por el viento. Aunque sus delicados pasos no servían para el taconeo se movía como una bailarina de ballet, hermosa.

Akiko aparentaba los cuarenta años y en su media melena negra cortada a la caja se adivinaba el orden que presidía su vida. Meticulosa. ¿Cómo te diría que es este tipo de mujer? Pues de las que practican un paso hasta la perfección y una vez aprendido lo muestran sin salirse de la regla, solo ese. No improvisan y solo enseñan lo que saben hacer.

Llegó a mi lado e hizo una genuflexión a la que yo respondí con la misma inclinación del torso. Hablábamos a una distancia de dos metros, que a los japonenses no les gusta que se les invada su espacio personal y ellos son de mucho espacio, que lo de oler a los otros no les va, vamos.

Estábamos solas.

—My dear teacher, I have the honor of addressing you for help.

Akiko, como todos los japoneses, era muy redicha y circunspecta, nada directa. Yo sí lo soy.

Ella quería la muerte de su socio Hisao Izumi. Los dos compartían un negocio de importación de ramen, fideos chinos elaborados con harina de trigo, agua, sal y kansui. Había descubierto que durante diez años Hisao había estado falseando las cuentas de la compañía y apropiándose de millones de dólares a sus espaldas. Se sentía profundamente engañada en la confianza que había depositado en Izumi. Quería a Hisao muerto. Hisao era, además, su tío.

Al día siguiente llevaba a Encarna al colegio. Yo para motivarla le pongo siempre rumbas mientras vamos en camino. Cuando los americanos descubran la rumba catalana se viene a abajo el imperio del hip-hop.

> *Y una lágrima cayó en la arena.*
> *Ay, en la arena cayó tu lágrima.*
> *Una lágrima cayó en la arena,*
> *la que quisiera, quisiera encontrar.*

–*Mom, are you going to die?* –me preguntó Encarna cuando estábamos aparcando en la puerta del *preschool* de Manhattan Beach.

Me dejó patitiesa. Yo que la estaba llevando todos los viernes a ver a Margaret, una psiquiatra infantil, le respondí como pude.

–No hija no, mamá nunca te va a dejar sola en la vida.

Ya había notado que la niña dibujaba muchas cruces y tumbas. Es verdad que habíamos estado un par de veces en el cementerio visitando la tumba de su padre y luego en el entierro de Adams Hoover en Montana, poco más. Yo tenía la mosca detrás de la oreja. Mira tú que si le había creado un trauma a la chiquilla con tanto padre muerto. El viernes cuando la vea se lo digo a Margaret, la psicóloga, seguro que se lo digo. Me quedé unos segundos quieta con la vista perdida y pensando: «si me pasara algo, ¿qué sería de ella?». A lo mejor tenía que dejar lo del asesinato o tomarme un año «sabasicario», que es como una excedencia sabática pero en la que te guardan la plaza de matarife.

–*Hi Lola, how are you?*

Ahí tenía a Luck, el papá soltero más deseado de la escuela. No había madre que no le pusiera ojitos, se tocara el pelo o se riera de una manera estúpida en su presencia. El padre de Lianna, compañera de clase de Encarna, se apoyó en el marco de la puerta de mi ventanilla del coche y mostró la oscura piel tersa de un brazo musculado.

–*Hi Luck I'm fine, and you?*

Sin duda. Luck T. Laurence tenía un enorme parecido a Jaime Foxx, el actor y cantante. Miré alrededor y no había madre que no tuviera puesta la mirada en nosotros en esos momentos. El hombre más codiciado en los deseos carnales ocultos (y no tan ocultos) de las madres del colegio estaba a escasa distancia de mí y su olor a recién duchado me embriagaba.

–*I was wondering if we could have a coffee sometime and talk about flamenco.*

La madre de Niki pasó cerca y me miró con desprecio. Entre la madres existía el rumor de que Luck y ella habían tenido una aventura el curso pasado que había terminado dramáticamente cuando el padre de Niki había abierto una cuenta de Facebook por sorpresa y había descubierto unas fotos de su mujer con la mano de Luck alrededor de la cintura de ella.

Dije «*fine*» y de repente habíamos quedado para tomar un café al día siguiente después de dejar a las niñas. Se incorporó y se alejó camino de su deportivo descapotable.

Yo me quedé mirando su culo respingón mientras se alejaba. Cuerpazo tiene y un andar muy sexy. Vamos, que el tipo era una llamada al adulterio. La madre de Stella me guiñó un ojo y tiró del brazo para abajo con el puño, que viene a ser un signo de «lo has conseguido, guapa».

Me alejé en dirección a Torrance con una sonrisa dibujada en la cara.

Ahora no solo tenía en la cabeza el asunto del presidente que me había encargado Henry Brand, sino que también había aceptado el trabajo de Akiko por una suma de seis cifras. Estaba haciendo caja. Tenía la cabeza que parecía una pelea de espadas; venga a darle vueltas a todo como siempre. Necesitaba algo de paz y sabía dónde tenía que ir a aclarar las ideas para dar mis próximos pasos.

Fui a ver al *sensei* Nagano a su *dojo,* que estaba instalado en una antigua sala disco de Torrance; lo conocía bien. El decorado exterior era de discoteca de los sesenta y todavía conservaba la bola con el nombre original, Mercurio, hecha con cristales de neón, ahora inservible. Dentro, la pista de baile se había convertido en un campo de entrenamiento con *tatami*. Nada había cambiado en estos años.

Dos hombres de mediana edad vestidos con kimonos negros practicaban movimientos de *kenjutsu* con sus *shinais*, gruesas estacas de bambú. Una mujer joven hacía una *kata*, una rutina de lucha sin enemigo, con un *tanto* en la mano derecha y una *wakizashi* en la izquierda, ambas espadas más cortas que la *katana*; me recordó mucho a los años que yo había pasado en ese *dojo* siendo una *teenager*. Quince años tenía cuando me llevaba mi padre a practicar tres veces por semana; yo había visto la película *Kill Bill* y había quedado fascinada por el manejo de la espada de Uma Thurman. Recuerdo los discursos de mi padre: «*Afú, Lola, tú estás chalada, que aquí hay más espadas que en la casa de Fournier el de la baraja, que me da mal fario, mira lo que le pasó al nota de tu tío Pepe, ajolá no te pongas a innová el flamenco tú también; además, mira cómo va el maestro, que lleva calcetines con chanclas el hijoputa canijo y unas bajeras que paice un beduino bolichero, digo, ti van a hacer una chocaura, mi mare, un bollo en la cabeza tanto bregar con esos palos, quilla*».

Me descalcé y me acerqué al *sensei* Nagano, que estaba arrodillado y meditando delante de un pequeño altar. Ahí seguían inalterables las fotos de familia que tantas veces había visto y un palo de sándalo encendido que impregnaba el espacio de un aroma dulce e intenso. Las recordaba bien; la foto en blanco y negro de dos ancianos sentados, sus padres vestidos con kimonos y posando con gesto austero para la eternidad; luego la otra foto a color con un Nagano joven posando con otro hombre y una niña que parecía su hija, los tres delante de un barco con bandera norteamericana. En la popa aparecía el nombre del mismo: Ran. Una vez hace años le pregunté qué significaba esa palabra. Me dijo que «lirio de agua».

Vestido con kimono, Nagano levantó la vista al comprobar mi presencia, siempre serio, enjuto; en su cara no había espacio para la sonrisa. Apenas hablaba inglés; se manejaba con una centena de palabras en el idioma de Shakespeare en los treinta años que llevaba en América. Me puse delante de él e hice una genuflexión de respeto; él respondió cortés.

–*Sempai* Ramos –dijo.

Sempai es el ayudante del maestro. Habían pasado seis años desde la última vez que había estado allí como *seito*, alumna. Le expliqué que necesita poner las ideas en orden.

–*That's important; first think, then train and finally fight.* –El *sensei* Nagano unió sus palmas.

Nagano me miró a los ojos y no hizo falta decir más; me indicó con el brazo que lo siguiera a una sala aparte. El *sensei* me ofreció una *katana*, una *koshi-sori* que acepté respetuosamente, y con un movimiento de manos me sugirió, señalándome el centro, que comenzara una *kata*.

Me puse firme en medio de la sala e hice el saludo de protocolo mirándole a los ojos; esperaba no haber olvidado lo aprendido durante los quince años que había estado practicando con él. Primero el *battodo*, el arte de desenvainar la espada sin hacer ruido; tras unos instantes me decidí por unas bulerías de movimientos rígidos y elegantes. Comencé a moverme sintiendo la empuñadura con las manos separadas sobre el mango para tener amplitud de movimientos. Los meñiques y los anulares llevaban todo el peso y la fuerza de las manos, los giros de pie los coordiné con los de brazo al ritmo de una música imaginaria que tenía acordes de guitarra flamenca. Al girar la espada, la mano izquierda la movía hacia dentro y la mano derecha al contrario; la descarga del cuerpo se convertía en un latigazo de la espada y provocaba el silbido del acero cortando el aire del *dojo*.

No sé cuánto tiempo estuve concentrada en la rutina inventada. Cuando terminé me puse frente al maestro, envainé la espada ceremonialmente y me incliné con respeto. Nagano me miró con una leve sonrisa que nunca había visto, luego me dijo:

—*Sensei Ramos, I believe you're thinking right.*

Y se inclinó ante mí.

Estiré los brazos para hacerle entrega del arma; él me enseñó su palma rechazando la entrega. Me había llamado maestra y me hacía entrega de su espada. No existía más alto honor. Me acerqué y le di dos besos. Él se quedó rojo y confundido con mi ímpetu y se rió. Nunca le había visto reírse.

Me había probado todo el armario hasta que me decidí por una camisa azul abierta con un poco de escote.

Me abroché y me desabroché el botón del canalillo al menos veinte veces para ver cómo quedaba mejor. Delante del espejo, con el botón abrochado parecía muy «capillitas» y si me lo quitaba estaba muy ofrecida. Había quedado a tomar un café con Luck, el padre de Lianna.

Sí es cierto que había intercambiado alguna frase con él recogiendo a las niñas, en alguna presentación de la clase, todo muy informal y público, pero cuando el día anterior me había propuesto tomarnos un café, yo la verdad estaba hecha un flan porque me imaginé todos los supuestos posibles de lo que tendría Luck en la cabeza para proponerme tomar un café. ¿Por qué yo?, ¿qué quería de mí?, ¿deseaba hacer el amor conmigo?, ¿una madre soltera?, ¿le interesaba al flamenco de verdad?, ¿tenía problemas con su hija y quería consultar a una experta en problemas con su hija?, ¿cómo sabía él que yo tenía problemas con Encarna? ¡Cuánta cotilla hay entre las madres, por Dios! Tenía más preguntas dándome vueltas en la cabeza y a eso se unía el ¿cómo me visto para la ocasión? Es solo un café; no me voy a poner estupenda con vestido corto de noche y tacones, tiene que parecer informal y que no me he arreglado mucho para estar con él. Normalmente por la mañanas suelo ir hecha un desastre, camiseta y pantalones *denim*, poco más; no voy a aparecer hoy hecha una modelo de Chanel. ¿Se habrá fijado en mi culo? Tengo que ponerme lencería bonita. ¡Pero Lola, que no te lo vas a ventilar en la primera salida y desayunando! ¡Compórtate! Eres una madre de treinta y seis años.

Pero muy necesitada.

Me lavé los dientes; estuve diez minutos frotándolos con tres pastas de dientes diferentes, que me entró un ataque de blancorexia que los dejé relucientes y con brillitos, y luego haciendo gárgaras, que si caía un beso estaría preparada... Pero, Lola, ¿cómo vas a darle un beso en la boca a un tipo al que solo has saludado un par de veces? No lo conoces de nada, mujer. ¿Y si lo que quiere es que lo acompañes a un evento? Creo que es director de un hotel en Beverly Hills; allí vive mucho actor y hay mucho glamour. Tendría que comprarme un vestido. Me estaba poniendo nerviosa; casi me salto un semáforo. Fue Encarna la que me avisó y frené, que si no nos matamos.

Cuando llegamos al *parking* lo vi Luck estaba hablando con la *principal*, Claire Hitton, que no hacía más que reírse de manera caricaturesca moviendo la cabeza de un lado a otro desplegando el pelo. Yo no quería hacer el ridículo como ella; había estado arreglándome dos horas para tomarme un café con él pero no iba a caer en la trampa de parecer una mojigata fantoche comportándome de manera estúpida como las demás.

En cuanto Luck me divisó me sonrió; yo casi me desmayo. ¡Lo guapo que es el tipo! Que llevaba una camisa gris ajustada y una corbata fina negra que volvía locas a las madres. Yo, bueno, que ni presté atención a Encarna cuando se iba a su clase, que ni miré a la niña en el pasillo cuando me decía adiós con la manita.

Luck T. Laurence venía hacia mí, y yo, que me entró un arrebato de mujer adolescente, me desabroché el botón de la camisa para estar más sexy.

Me quedé con el botón en la mano.

La camisa se abrió, que mi aspecto no era ya de ofrecida sino de entregada. Me sujeté como pude la camisa pero el mal ya estaba hecho. Mi sujetador con bordados azules estaba al descubierto.

–Lola, are you ready?

¿Ready? Lo que estoy es desesperada, que íbamos a tener una café romántico y aquí estoy tratando de parecer natural enseñando el sostén.

*–I am ready –*dije pinzando la camisa con los dedos.

–Ok... We're meeting at the Starbucks.

–Starbucks? Fine.

Lo de Starbucks muy romántico no sonaba. Me imaginé más un café cn taza de loza, pero si esto era lo que había no iba a hacerle ascos.

*–See you there –*dijo Luck, que se quedó mirando mi escote ante una posición tan poco natural como la de mi mano y mis dedos agarrándome la camisa para no dejar nada al descubierto, que parecía la Inmaculada Concepción con la mano en el pecho.

En el coche encontré un clip con el que sujetaba unos documentos en la guantera. Todavía no estada todo perdido. Soy una mujer con recursos.

Entré en Starbucks como a cámara lenta con la mejor de mis predisposiciones a transportarme al País de Nunca Jamás, paso seguro y estilizado, escote controlado con el clip, pelo limpio y suavizado que ondulaba sobre mis hombres, sombra de ojos azulada, barra roja en los labios, sonrisa y dientes blancos. Iba dispuesta a la victoria y muy segura de mí misma con ese arrebato de una *bailaora* cuando sale al centro del tablao.

–*Lola! We're here!*

Luck me llamaba; estaba en una mesa rodeado de mujeres que al igual que yo se habían preparado para la batalla. Todas arremolinadas alrededor del macho alfa.

Me quedé helada; aquella era una reunión para montar la fiesta de fin de curso de los niños y Luck había sugerido una representación de flamenco y que yo la dirigiera.

¡Uy las mujeres! Cuando nos montamos una película lo hacemos a lo grande.

> *I continue dancing to the hell...*
> *Una palma contra la otra*
> *que el silencio ya se ha roto*
> *que el caballo ya trota*
> *y la guitarra es un potro*
> *en las manos de un loco.*
> *Bailo bajando al infierno*
> *que las llamas me consumen*
> *en el fuego del invierno*
> *las espadas relucen*
> *en la oscuridad del tiempo.*
> *I continue dancing to the hell.*
> *You're a prisoner in my cell.*

III. CANTAOR

Hay la voz que suena
en las palabras que grito
que solo tú sabes
en el calor de mis besos
lo que yo te he dicho.
Guárdame niña el secreto
de lo que yo te canto.
Que como se enteren
de lo que pasa bajo el manto
van a salir a buscarnos
tu esposo y mi marido.

Todo canto se aprende escuchando, por imitación. El flamenco primero necesita concentración de oídos, rigidez para acatar. Para cantar flamenco tienes que poner la espalda recta, la barbilla al frente y tensar los músculos del rostro hasta enmascararte. Quiebro, jipío, mordente, hipo, bebeo y melisma, todo un mundo de voz, gesto y respiración de un sinpensar, en un dejarse llevar de una cadencia flamenca: *«La-Sol-Fa-Mi...»*.

Perry Samuelson, el encargado de montar la fiesta de recaudación a la que asistiría el presidente, me miraba embelesado; a su lado, sentado con una amplia sonrisa, estaba Henry Brand, el anfitrión de esa noche.

Yo con mi traje de lunares azabache y cola larga, inmaculada y con una flor roja en todo lo alto, a punto del arrebato; Macareno Ramos, mi padre, tieso y enjuto, voz y guitarra; María Nuria Puig i Castell a las palmas y Miguelito Azcuna Goicorrotea sentado en el cajón acústico. Nada tan puro como un andaluz, una catalana y un vasco para sacarle el alma al árbol del flamenco palo a palo.

La Nuria era un prodigio extra natural dando palmas, unos redobles divinos con las yemas de los dedos tensas, y ¡cómo doblaba las palmas! Un pasmo. La de Sabadell había venido a Los Ángeles hacía por lo menos veinte años. Llegó con intención de hacer películas y se metió a estudiar en el Actor's Studio ese, a aprender. Tenía cara de malvada, para el terror ideal, pero tenía mucho acento catalán y la confundían con una rusa; que sí, que hizo de terrorista en un par de películas de serie B. Ella siempre con su bandera catalana en lazo sobre el pecho, que la Nuria era muy reivindicativa y tenía una foto firmada de Puigdemont en la mesilla de noche y otra de Putin a pecho descubierto, que a la Nuria le ponía mucho el soviético. Ella siempre se imaginaba un *ménage a trois* con los dos mandatarios. ¡Para verlo! A mi padre le encantaba chincharla: «*Nuria, tú eres más española que el gazpacho, las croquetas, el jamón de bellota, la tortilla de patatas y la paella puestas todas en el mismo plato, tú tienes alma gitana chiquilla, que os ha dado una alferesía a todos. Que no te cosques; que España es como una armóndiga, que primero tuvimos que picar la carne, hacé bolas, harinarlas, freílas y luego echarle el tomate para guisarlas. Si le quitas un paso a las armóndigas no hay avío pa nadie. ¿Tú me entiende? ¡Cagondié!, que vamos a acabá comiendo todos chochitos de vieja*».

Lo de Miguelito Azcuna Goicorrotera es otra cosa; Miguelito es de Azcoitia y llegó para un evento de aizkolaris a unas jornadas vascas en Bakersfield, al noreste, que tiene un club vasco más grande que el de Bilbao; más de veinte mil vascos inscritos que se vuelven locos con el levantamiento de piedra y con los cortes de troncos y todas esas demostraciones tan de tío. Miguelito se hernió el primer día de la exhibición y no quiso volver humillado a su tierra; estaba de camarero ilegal en el tablao hasta que un día, el que tocaba el cajón flamenco, Jared Duke, se marchó enfadado.

Jared era un ex-marine de Minnesota que siempre iba armado con una Glock y con ideas como: «*America first*», que si la segunda enmienda y que si «*America belongs to us*», que mi padre le replicaba: «*Jared, no me seas alelao. The only ones who have not taken a boat or a plane to come here are the Apaches, the Comanches and the Sioux, the rest of us have been compelled or by necessity. Do you get it, pisha?*».

¿Que mi padre es a veces difícil de llevar? Yo que lo conozco te lo digo, pero Duke también, muy acomplejado con su ojo a la virulé y estrábico, que cuando te hablaba parecía que miraba a tu sombra. Apuntaba mal el hombre; seguro que para enhebrar una aguja lo tenía muy chungo.

Y mi padre ese día sentó a Miguelito Azcuna, que estaba descargando cajas de cerveza, en el cajón flamenco, lo vistió de negro, le pintó patillas largas tipo hacha y le dio una palmada en la espalda: «*Ea, Miguelito, todo es ponerse; si tienes ritmo para dar de hachazos a un tronco sabes tocar un cajón por la gloria de las vascongás. Esto no lo abombas con esas manos de amocafre que Dios te ha dao; dale con arte que esta noche empiezas en el mundo del flamenco y te vi a llamá er Niño las Chinas, que en Cai se llama asín a las piedras. Vamos, tirando que es gerundio*».

Perry Samuelson me miraba obnubilado y yo con mi embrujo pasaba de las bulerías al fandango, de la alegría al taranto, creciéndome. Mi padre entonado y lucido con la guitarra con sonidos que inundaban el amplio salón con más de cincuenta invitados, muchos de ellos neófitos en el arte de la jacaranda, hipnotizados por la energía y el ritmo de Macareno, su voz amarga y seca. Nuria y Miguelito más flamencos que nunca, que parecían los dos de Sanlúcar de Barrameda; daba gloria verlos buscando las esquinas del compás, esa noche inspirados ambos. Miguelito incluso dando olés en los silencios del cante con ese tonillo euskérico que tiene que acentúa hasta las consonantes.

La velada la había preparado Henry Brand en su imponente mansión de Bel Air y estaba en el culmen, un zapateado que retumbaba como un terremoto sobre la tabla del amplio salón para cerrar el espectáculo.

Yhastaquihemosllegado. Aquí dirían *«That's all Folks»*, por la famosa frase de un puerco televisivo que se despedía de esa guisa de los niños.

Silencio.

Me quedé quieta, inmóvil; mi respiración agitada por el esfuerzo, que mi pecho subía y bajaba bañado en sudor que se escurría por el canalillo. Miré a Perry Samuelson. No perdía de vista las gotas en su caída por el cañón cárnico, que parecía que el tipo me miraba como si hubiera terminado de hacer el amor y se fuera a echar un cigarro. Miré a mi padre de soslayo y le levanté una ceja.

Los aplausos de los presentes estallaron, menos mal.

Durante dos minutos nos estuvieron aplaudiendo. Henry Brand, que estaba sentado en la primera fila, se levantó delicado con la ayuda de su joven ayudante con gafas y se acercó a felicitarnos; al oído me dijo:

–*You are like Marilyn, my dear, but brown.*

Henry me presentó a Samuelson y le sugirió que nos llevara a la cena de donantes de California del presidente el mes que entraba. Me guiñó el ojo y le dijo a su invitado que él se encargaría de todos los gastos de la actuación. Perry Samuelson entusiasmado aceptó, que los judíos tienen fama de agarrados gracias a la palabrería del Shakespeare ese con el personaje de Shylock en *El Mercader de Venecia*; también los catalanes tienen esa fama por la poética de Dante Alighieri en su *Divina Comedia*. Si Brand lo pagaba todo, pues adelante; aquí paz y después gloria.

Samuelson no paraba de mirarme el escote, que es uno de esos tipos de hombre a los que se les cae la vista; que yo tengo identificados a los hombres en tres categorías por cómo se fijan en una cuando hablan. Primero están los que te miran a las orejas; a esos lo que les importa de verdad es que tú los conozcas a ellos, a los de las orejas, digo; que se despistan y parece que miran al más allá, detrás, como si estuvieran hablando un metro detrás de ti. Siempre me desconciertan. Luego están los que te miran a las tetas, esos que quieren saberlo todo sobre ti, que te dejan hablar mientras ellos se dedican a mirar ahí. Y en la última categoría de hombres están esos que te miran a los ojos; son una minoría y tu padre y tus hermanos suelen estar entre ellos. Se me olvidaba; también están los que ni te miran.

En un par de semanas estaría cara a cara con el presidente para asesinarlo, pero esa madrugada tenía que ocuparme de Hisao Izumi.

Eran las cinco de la mañana.

Tal y como me había dicho Akiko, su socio solía ir al almacén de ramen en Compton muy temprano; era cuando, en la soledad de la oficina y sin ojos escrutadores alrededor, Hisao asignaba pedidos inexistentes, los anulaba y luego los vendía por otro lado sin anotarlo en los libros, un tejemaneje de cuidado.

Hisao llegó en su Mercedes blanco, vestía de traje oscuro y camisa blanca bien planchada; un hombre terso, sin una gota de grasa. Tenía un gesto triste y serio que me recordaba mucho al *sensei* Nagano, que los japoneses tienden a reírse poco; más que un estafador nipón, Izumi parecía un estoico estajanovista entrando en una fábrica de armas soviéticas.

Raro todo.

Izumi abrió la puerta de la oficina con una llave que colgaba de una cadena larga.

Mi padre se había quedado a dormir en casa y Encarna no tenía que levantarse hasta las siete. Si lo liquidaba pronto no se enterarían de que había estado fuera unas horas.

Llevaba muy claro mi cometido: dispararle un dardo paralizante con una cerbatana y esperar un ataque al corazón; luego borrar todas las huellas y colocarlo en una posición natural en su escritorio. Por su edad sería difícil que alguien fuera más allá de investigar una muerte natural por parada cardiorrespiratoria.

Yo me había introducido en el almacén por un ventanuco que daba a un estrecho callejón lleno de cajas vacías de fideos chinos. Tenía la cerbatana, el dardo y un botecito de veneno paralizante que había traído de Colombia dos años atrás; en su interior, las secreciones de unas pequeñas ranas amarillas a las que se les extrajeron mientras eran calentadas al fuego. El resultado: una batracotoxina que bloquea los impulsos nerviosos humanos; apenas se necesitaba una gota para acabar con la vida de un hombre.

Me moví con cautela, trepé sobre una pila de cajas de madera y me situé a su espalda. Izumi estaba sentado mirando la pantalla de su ordenador; yo aguardaba oculta a veinte metros entre dos pilas de cajas de ramen.

En la pantalla no había una página Excel; Hisao tenía puesto un vídeo porno; parecía un vídeo *amateur* en el que dos mujeres se estaban dando un lote satisfaciéndose mutuamente sobre la encimera de una cocina. Que yo pensé que tanto madrugar para luego ir a la oficina a ver porno que menuda pérdida de tiempo.

Impregné el dardo con el líquido del tubito, lo introduje en la cerbatana con cuidado, me lo acerqué a la boca, apunté y soplé con fuerza.

¡*Zas*!

Hisao Izumi sintió la picadura directamente en el lóbulo de la oreja y se llevó la mano en una reacción automática, se tocó el cartílago y miró a los lados para detectar el origen de lo que él creía ser una picadura de mosquito.

En la pantalla las dos mujeres estaban jugueteando con las hortalizas que sacaban del carrito de la compra en la cocina; un porno realmente muy poco sofisticado. El hombre siguió a lo que estaba, concentrado y ni picadura ni nada; él embelesado en la peli, que la miraba que parecía que era de las habían ganado un Oscar a la mejor interpretación femenina.

Esperé.

Un minuto más tarde al hombre le dio un telele y cayó desmayado contra la pantalla.

Cinco y cuarto, pienso, lo arreglo todo, me voy, ducha, desayuno con Encarna y la llevo al *preschool* de Manhattan Beach en la 15th, que mi padre tardará en levantarse.

Me acerqué al hombre muerto, le retiré el dardo de la oreja y lo guardé con cuidado. Las dos señoras del *film* seguían a lo suyo, ahora satisfaciéndose con los embutidos enteros; aquello se estaba poniendo pantagruélico.

Yo creí que así quedaba Hisao, muy bien compuesto, sentado, apoyadito, todo muy normal y el hombre muy metido en la película.

De repente, Hisao Izumi se incorporó.

Me pegué un susto de muerte. Se me quedó mirando fijamente. Luego se puso tenso, que parecía Hulk a punto de ponerse verde pero en canijo; se agarró la camisa así, empezó a tirar y la destrozó mostrando un cuerpo blancucho y completamente tatuado.

La catarsis, el desparrame, un ataque de demencia japonés provocado por la toxina de la rana amarilla del Amazonas, pensé.

El tipo comenzó a volcar las mesas; todo saltaba por los aires. Izumi estaba destrozándolo todo, yo que quería aquello arregladito. La oficina estaba quedando que daba pena verla.

¡Uy el Izumi este! Un descerebrado.

Se quedó parado delante de mí, agitado, mirándome mientras respiraba como un portero loco en una tanda de penaltis, agarró mi mano, abrió su palma, que contenía un botón de metal, me lo entregó y dijo:

–*Eight, nine, three...*

Luego cayó arrodillado, que parecía un vendedor de zapatos muy dispuesto y se inclinó más, golpeando el suelo con la cabeza y los brazos para atrás.

Se quedó muerto en esa extraña postura. Esto no me había pasado nunca en mi vida profesional. Tenía en la palma de mi mano una pieza metálica oscura, ovalada, con un agujerito cuadrado y unos símbolos que parecían japoneses. Era una moneda. *«Ocho, nueve, tres»*. ¿Qué era aquello, un prefijo telefónico, un código postal, el número de una calle? Me fijé en su mano izquierda. Izumi no tenía dedo meñique.

Entonces lo supe. Ocho, nueve, tres son los números con que se denomina a la Yakuza. Lo aprendí en mis años en el FBI. El nombre Yakuza provenía de un juego de cartas, la Hanafuda, y la mano perdedora es cuando estás en posesión de estas tres cartas: el ocho, *ya*, el nueve, *ku*, y el tres, *za*.

Hisao era un miembro deshonrado de la Yakuza. Más bien había sido, pues ahora pertenecía al eterno club de los finados.

Yo, que no me había movido del sitio desde que Hisao había empezado el desaguisado, que el nombre le venía al pelo con lo de Hisao y guisado. Me guardé la moneda en el bolsillo.

¡Qué desastre! Que los japoneses son muy ordenados pero este había montado un estropicio considerable y cuando llegaran los empleados se iban a quedar con los ojos a cuadros con lo que había ahí de follón montado.

Cinco y veinte y me puse a recoger la oficina dejándolo todo en su sitio, los ordenadores rotos pero colocados en su lugar. Hasta pasé el trapo del polvo y el aspirador y luego cambié la bolsa por otra limpia. Me llevé la bolsa para tirarla por ahí, que la Policía miraría hasta en la basura cuando investigara con detalle la escena del crimen.

Dos horas me pasé recogiendo aquello y a las siete y veinte me fui porque sabía que llegaría gente a las siete y media. Quedó todo destrozadamente inmaculado. Así somos las mujeres, que si vemos algo sucio lo recogemos, que digo yo que estará en nuestro ADN lo de que todo esté limpio y en su sitio.

En el coche, de vuelta a casa, me imaginé a los policías inspeccionando el lugar; seguro que se quedarían locos tratando de entender algo de lo que allí había pasado. Los primeros empleados estarían entrando ahora; ahí estaría Hisao como lo dejé, postrado, en lo que parecía una postura de yoga o haciendo una reverencia a un espíritu sagrado, todo los muebles en su sitio y un montón de cosa rotas colocadas en las mesas, todo limpio. Seguro que la Policía llama al FBI convencida de que tiene entre manos un nuevo asesino de la baraja que mata a yakuzas arrepentidos. De la moneda, la verdad te digo, ni me acordé.

Llegué a casa como una posesa; íbamos tarde a clase. Mi padre seguía dormido en la habitación. Desperté a la niña, la vestí con un chándal, cogí un bollo en la cocina y un tetrabrik de zumo de naranja y arrojé a Encarna al interior del coche camino del colegio.

–*Mommy, could I play the flute?*

–*Noooo.*

Le quité a Encarna la cerbatana de la boca.

–Mi vida, yo te compro esta tarde una flauta preciosa pero esta está muy sucia.

Las madres siempre mintiendo a sus hijos para que sean felices.

–Encarna, tómate el bollo.

Dejé a la Encarna en el cole cuando ya estaban cerrando las puertas los de seguridad del *preschool* y me volví a casa. Tenía que tranquilizarme y descansar; esa tarde tenía clase y hoy tocaba sevillanas.

De vuelta en casa y camino de mi cuarto escuché risas en la habitación de mi padre. No te miento, pegué la oreja a la puerta.

Macareno, vaig fer el que ningú no ha fet vostè.

–Me va a *matá*. Nuria Puig i Castell, cómo me pones cuando hablas *catalá*; mira este *castellé* que tengo aquí, si *quiere subí*...

–*Em va colpejar al cul*.

–Tú lo que *ere* es una miaja *masoca* ¿no? Ay Nuria, te voy a *hacé un* Puigdemont.

–*¿Què és això?*

–Primero *techo un porvo* y luego te vas a tu casa, que si nos pilla la Lola nos aplica el artículo *siento sincuenta y sinco, ozú*... Ven que te *vi* a dar caña por la gloria de España.

Me fui a la habitación y me eché en la cama tal como iba. Me quedé dormida.

Cuéntame una mentira muy gorda,
háblame de lo que quieras,
que me arroje por la borda
y distraiga mis recuerdos
de mi mente que desborda.
Zurce las telas con hilos de nada.
Baila, canta, ríe y llora,
¡Que comienza el sursumcorda!

IV. TOCAOR

Un disparo tú has metío
y mi corazón se ha partío.

Y mi corazón lo has partío
con un tiro a quemarropa
dándome en toda la popa
con la vida que se ha ido.

Las balas se cuentan por miles
los asesinos se ocultan
y los cuerpos los sepultan
por una... flamenco killer

—Lola, ¿seguro que no quieres que me quede? —me dijo mi padre sin salir de su viejo Oldsmobile 442.

—Seguro, estaré bien. Me voy a dar una ducha y a dormir un poco. —Busqué las llaves de repuesto que siempre dejaba en uno de los maceteros de la entrada, luego miré a mi padre—. Creo que mañana será un día de cuchillos largos.

—*Ozú*, Lola, ten cuidado, que los yakuza esos tienen más peligro que el Tran en una rueda de prensa. ¡Ah! y no te preocupes por la Encarna que yo la recojo mañana de casa de su amiga Lucy.

—Si te parece podemos quedar en el *dojo* del *sensei* Nagano a las dos y media y tomar algo por la zona con Encarna.

—*Na* de eso; ese lugar es la ruta del colesterol. Tanto MacDonalds, tanto Subway, tanto pollo frito, que digo yo que en el pueblo ese de Kentucky, que parece un nombre japonés, debe haber más pollos que inquilinos en el purgatorio. Yo preparo unos fideos con caballa, los meto en *tupergüer* y nos ponemos *púos* en la playa.

—¿Y si llueve?

—No me seas siesa, bajo la sombrilla no nos calamos. No se puede ser tan fina, que a tu madre, que en paz descanse, lo que más le gustaba era ponerse la chamarra e irse a la playa con un *changüi* de ensaladilla rusa.

—Nos vemos a las dos y media.

—Ahí estaremos, como un clavo.

Me despedí desde la puerta y el Oldsmobile 442 rojo de mi padre se alejó por la calle.

En el coche apenas hablé, aunque eso con mi padre es casi imposible; él tiene eso femenino que tiene que decir todo lo que se le pase por la cabeza: «*No te vi a echar la cantaleta con lo de la responsabilidad y to eso, pero te vi a decí un par de cosas Lola, que tienes más arañones que si te hubiera atacao un tigre; que este no era el tigre de Java porque este no ha dejao nada por arañar. Eres toda una mujer; lo de responsable me lo guardo porque eso no lo llevas en los gines por parte de padre, que en mi familia somos mu acarajotaos, que yo creo que todo viene de mi agüelo Antonio Jesús, tu bisagüelo, un figura, que camino de la feria del Puerto se metió un cebollazo con el sitroen de cuatro caballos, que él siempre desía que dos caballos se le habían muerto al arrancar el coshe. Cucha, tu agüelo fue el culpable de todo. Digo, que después de la chocaura, en la feria le tocó una chochona y el pisha se quedó prendao, que fue a ver al cura para casarse con la muñeca. Uf, el agüelo Antonio Jesús estaba chocho del to el hombre, que aquello era pura chufla en la familia. Un desavío, y asín nos ha quedao para todos lo de la chiflaura, que lo llevamos en la ginética, lo de la chochona acabó mal. Lola, que eres madre y mu empeñosa, y no me quiero enconar pero estás en un entenguerengue que mejó guasnajarse. Soy tu padre y te lo tenía que decí asín de claro, ¿me ha entendío? Ea, ahí quea eso».*

En la acera de casa me quedé un rato mirando si había algo sospechoso. Todo estaba en orden, una calle aburridamente tranquila de Manhattan Beach, seis coches estacionados. Ahí estaba el mío, donde lo dejé. Me dirigí a mi casa permitiendo que la cola del traje de faralaes arrastrara por el pavimento de la entrada.

Al entrar y cerrar la puerta no encendí la luz; aguardé unos instantes, me acerqué a una ventana y con disimulo miré a la calle. Dentro de un coche grande y oscuro que estaba aparcado a un centenar de metros un hombre hablaba por teléfono; el reflejo de la pantalla solo iluminaba su mentón. Lo había visto por la tarde cuando salía de casa camino del tablao. Tenía pinta de ser del Servicio Secreto; si iba a bailar para el presidente seguro que estarían elaborando un informe de mis pasos y antecedentes, también de mi padre, de Nuria y de Miguelito. Normal. Estaba segura de que el tipo del coche no era un yakuza. Desde luego que en la mente de Akiko yo era un cuerpo flotando en el océano del que no tenían que preocuparse. Todo mi pensamiento ahora estaba con mi hija Encarna y con ese collar improvisado que le había hecho el otro día.

Me fui directa al cuarto de baño; tenía ganas de quitarme el vestido rojo de lunares blancos. Me quedé mirando la chaqueta de algodón de los Lakers que me cubría; aquel chico iba a tener pesadillas conmigo el resto de su vida. Miré el cubo de la ropa sucia, luego el de la basura y arrojé la chaqueta en el de los desperdicios, que las mujeres tenemos que ser solidarias entre nosotras.

Ahora tenía que quitarme el traje de faralaes. Abrir la cremallera lateral era un suplicio para mis costillas. Sujeté la hombrera que agarraba el vestido y la arranqué. El vestido se deslizó hasta el suelo.

Me metí bajo el agua cálida para borrar el olor a mar, ungüentos y sangre de mi piel.

Ranjit Kaur, el curandero amigo de mi padre, me había sanado las heridas y colocado una venda de compresión alrededor de la cintura para aliviarme el dolor de la costilla fracturada; no quise mirarme al espejo.

El agua se tiñó de oscuro, ocres y rojo. Se fue aclarando poco a poco con el paso de los segundos. Me lavé el pelo, me sequé con cuidado y entonces vino a mi cabeza otra vez ese día; esa tarde después de la clase de sevillanas, por la mañana había eliminado a Hisao Izumi...

Y en este instante violento
cortando el aire con hacha
que no es viento sino racha
lo que me parte por dentro.

Las heridas me has abierto
la sangre brota tranquila
y se lee en tu pupila
la sombra blanca de un muerto.

Ya se acercan los más viles
ya redoblan sus tambores
las tumbas rebosan flores
por una... flamenco killer.

Me desperté vestida y con la boca seca; había dejado a Encarna en el cole, sí, y luego me había arrojado sobre la cama. También había escuchado el revuelo en la habitación de mi padre; saber que mi progenitor se había traído a Nuria a mi casa para celebrar una velada flamenca me había sentado mal. No es que fuera una mojigata que reprende a su padre, era la sorpresa.

La casa estaba en silencio. Mi padre y Nuria se habían ido. Yo tenía un rato todavía antes de ir a por mi hija al colegio. Me serví un zumo de naranja y puse las noticias en el canal local de Los Ángeles, KTLA, donde emiten en directo las persecuciones policiales de coches y comentan con mucho detalle los asesinatos de la zona entre Irvine, Burbank y Malibú. Todo eran desgracias, que es lo que a la gente le gusta ver, lo mal que les va a los otros para sentirse mejor ellos.

Nada, ni una mención a un hombre encontrado muerto en un almacén de ramen, extraño.

Encendí el ordenador y busqué alguna referencia por su nombre, localidad, últimas noticias de muertes en LA. Nada. Si lo habían descubierto, a estas alturas debería haber alguna información en algún sitio. No había nada. Quizá era un poco pronto, era la una. Quizá nadie había entrado todavía en aquella oficina con un muerto arrodillado, quizá era fiesta en Japón y no había ido nadie a trabajar, o quizá simplemente la muerte de Hisao Izumi no se había anunciado al mundo; aunque doy fe de su fallecimiento después de aquel ataque furibundo al mobiliario del hombre tatuado. Pienso que el japonés se desquitó de su vida rutinaria, aunque era un hombre rico y también un oficinista pornográfico. ¿Frustración? Quizá. Otra muerte silenciada, quizá.

Lo de las muertes silenciadas, olvidadas, sin repercusión, no era la primera vez que lo vivía de cerca.

Recuerdo el caso del reverendo Paul Agnus Dowly hace ya, ¿cuánto?, ¿dos años?

Fue la hermana de la mujer asesinada, Patricia Froom, la que me contrató; a ella no le gustaba hablar de cuñado cuando mencionaba al reverendo.

El tal Paul Agnus era un pastor de una congregación metodista de West Hollywood y según la señora Froom había matado a su hermana, Betty Dowly.

Bueno, te explico. Betty había fallecido en circunstancias poco claras durante un accidente de tráfico en el que conducía su marido, el reverendo Paul Agnes. Lo que parecía un incidente achacable al error humano y al azaroso cruce de un ciervo en la trayectoria del vehículo sin mucha más historia se convirtió para un dedicado policía de Los Ángeles en un caso de homicidio en primer grado. Lo que levantó las sospechas del sheriff Willy Camarillo fue el suicidio días antes de un hombre que había dejado una nota donde se explicaba que la causa de su funesta decisión había sido la aventura extramatrimonial de su mujer con el reverendo Dowly. Dos hechos luctuosos aislados con un mismo protagonista. En su investigación el sheriff Camarillo había descubierto rastros de sangre en el interior del garaje de la iglesia metodista; también había determinado que *«cuando ocurrió el accidente el reverendo conducía a veinte kilómetros por hora, pero Betty Dowly, la víctima, sufrió múltiples fracturas en la cara y en el cráneo, algo desproporcionado para un accidente que apenas había producido desperfectos en el vehículo siniestrado».* Pese a todas estas evidencias que había redactado en su informe pericial, el fiscal no había presentado cargo alguno contra Paul Agnus.

Patricia Froom había descubierto meses más tarde por medio de un detective privado que el fiscal, practicante metodista, tenía al reverendo Dowly como guía espiritual. Fue entonces cuando decidió contratar mis servicios para acabar con el asesino no confeso y no juzgado, lo que se llama, en el argot de la venganza, tomarse la justicia por su mano, en este caso por la mía.

Total, que me encargué del tipo.

El reverendo Paul Agnus Dowly vivía en las colinas de Hollywood en una lujosa casa que había sido propiedad de la familia de su esposa. A la mansión, que dominaba una colina, se accedía por un camino sin asfaltar, una empinada cuesta que debía ofrecer a la casa maravillosas vistas sobre el valle de San Fernando. Aquel era un lugar poco transitado y apenas protegido con un cercado de madera. Un potente deportivo plateado, un Mercedes AMG, le servía para sus desplazamientos.

Estuve en uno de sus sermones. El templo, de piedra clara y con una planta entre dos torres puntiagudas a cada lado, se abría a las hora de culto, apenas una al día; Paul Agnus no era un pastor muy trabajador. En el interior, con capacidad para doscientas personas, solo seis se repartían sentadas por los bancos vacíos. Avancé por un lateral y me situé en una bancada de madera oscura a media distancia para poder verlo y también para irme con discreción. Éramos cinco mujeres y dos hombres.

El reverendo Paul Agnus Dowly entró por una puerta lateral que había junto al altar. Vestía chaqueta oscura y una camisa morada con un cuello redondo y blanco que le daba un aspecto solemne. En su mano portaba una Biblia. Tendría alrededor de cincuenta años y mostraba un afeitado exhaustivo. Era bastante corpulento; había sido boxeador en la Armada y esta actividad violenta debió afectarle; de tanto golpe se había quedado inútil para elegir lecturas para sus homilías:

—Lectura de San Pablo a los Corintios, capítulo once versículos tres al nueve... Mas quiero que sepáis que, Cristo es la cabeza de todo hombre, como el hombre es cabeza de la mujer... Que no fue el hombre formado de la mujer, sino la mujer del hombre; como tampoco fue el hombre criado para la hembra, sino la hembra para el hombre.

Tengo que confesar que es un párrafo desafortunado para nuestros tiempos, ¡con la cantidad de cosas buenas que tienes para elegir en las lecturas, te tienes que liar con esta!, pensé. A mí ya me había perdido para la causa, que los metodistas son muy de citas textuales de la Biblia y hablan de ella como si se hubiera escrito en inglés, y claro, desde aquello escrito entonces han pasado dos mil años; las mujeres hemos evolucionado y lo vamos a seguir haciendo. Pues que esta cita aleja más que acerca, digo.

Yo que soy feminista, un poco guerrillera, lo confieso, aunque esto no es para mí una batalla de géneros; para mí, digo, el feminismo es más bien una adaptación al mundo de la igualdad imparable que viene.

Este que hablaba desde el púlpito seguro que no pensaba así.

Paul Agnes seguía con su retórica machista y utilizando los textos sagrados para decir lo que se le pasaba por la cabeza, tantas veces noqueada en un cuadrilátero.

—*Pensemos que los hombres somos más fuertes e independientes, y vosotras, las mujeres, sois vulnerables y debéis ser protegidas.*

Me levanté y me fui. Ya había escuchado bastantes gilipolleces.

—*Ama a tu prójimo como a ti mismo. Marcos 12: 31.*

Paul Agnus Dowly perdió el control de su coche deportivo dos días más tarde cuando bajaba aquella cuesta tan empinada que conecta su casa con Benedict Canyon. Su coche había salido disparado en una curva sin frenos ni dirección. Saltó al vacío. Un vuelo de cinco segundos pasando por el cielo y directo al infierno.

Yo observaba con unos prismáticos a una distancia prudencial. Nadie más había visto el espectacular vuelo del coche; no hubo apenas ruido, ni humo, nada.

Por la noche me había introducido en su garaje y con un portátil había modificado un par de ajustes del *software* del auto; cuando el vehículo alcanzara los veinte kilómetros hora se dispararía a una velocidad de doscientos en dos segundos, algo imposible de controlar por esa bajadita de cuatrocientos metros con el desfiladero a su izquierda.

A veces pienso en aquel vehículo abandonado al amparo de la maleza, camuflado entre arbustos, en el fondo de un barranco inaccesible, en una zona donde los coyotes y las alimañas se habrán encargado del alma del reverendo.

«Requiem aeternam dona eis Domine. Et lux perpetua luceat eis. Requiescat in pace».

Nadie hablaba de Hisao Izumi en las noticias.

Recogí a Encarna en el colegio y nos fuimos a tomar un *frozen yogurt* antes de mi clase de sevillanas. Tenía intriga por ver a Akiko Hashimoto en la clase de las tres.

Encarna estaba sentada en un taburete alto de la barra de la cocina y dibujaba una loma con una casa con tejado a dos aguas y un caminito que zigzagueaba hasta la casa. No dibujaba flores en el campo, eran cruces.

—¿Qué es ese dibujo?

–*It's a house.*

–¿Y las cruces?

–*A graveyard. That's where Dad is buried.*

–¿Te da miedo?

–*Sometimes* –respondió la niña mientras seguía pintando.

Me quedé helada. «Cuando sea mayor le tengo que contar la verdad sobre su padre. Bueno, no toda la verdad».

Saqué del bolsillo la moneda japonesa que me había entregado Izumi.

–Vamos a hacer una cosa. Para que no tengas miedo te voy a nombrar guardiana del gran poder –dije lo primero que se me ocurrió.

Enhebré la moneda oscura con un trozo de cordel, até los cabos y se la puse al cuello.

–Esto es un talismán de guardiana del gran poder y con esto puesto nunca te pasará nada.

Mi hija no perdía detalle y cuando le puse la moneda de gargantilla estaba entusiasmada y me abrazó que casi se me saltan las lágrimas.

Dejé a Encarna dibujando en su esquina; de vez en cuando se llevaba la mano a la garganta, se tocaba la moneda y sonreía.

Las alumnas comenzaron a llegar; saludaban y mientras departían se colocaban las faldas largas negras y los zapatos acharolados.

Mi padre entró con su guitarra y una sonrisa que le agrandaba su enjuta cara.

–Hi everyone. How are the prettiest women in Man-hattan Beach?

Que mi padre pronunciaba el *beach* más como i, *bitch*, que con una e prolongada de *beach*, que aquello sonaba más a puta que a playa, vamos.

Todas las mujeres reían y aplaudieron su presencia. La guitarra en vivo daba tanta dimensión a las clases que las chicas se venían arriba.

–Hola *xoxo* –me saludó al sentarse.

–Hola –yo bastante seca, que lo de la Nuria aunque lo entendía pues no me había gustado–. ¿Qué, no tienes nada que decirme?

Macareno se estaba acomodando la guitarra.

–Contarte te puedo contar muchas cosas, pero no sé lo que tú quieres *oí.*

–Lo que hiciste esta noche, por ejemplo.

–¿Lo del concierto?

–Más bien lo del solo de guitarra con la Nuria.

Mi padre me miró de medio lado y se llevó la mano al gaznate como si se midiese la garganta para un estrangulamiento.

–Ay, a *ti vi a decí argo*, María de los Dolores Ramos Olomo, lo de la Nuria y yo mismo es un tema puramente *carná.* Un *apañaito,* que *e* lo que se entiende por hacerlo de *pascua* a ramos, y Ramos es un servidor y tocaba ya, que las pascuas quedan *mu* lejos. –Macareno rasgó las cuerdas de su guitarra–. Hija, lo que se llama darse una alegría al cuerpo, nada serio, una relación consentida de una catalana y un *andalú* que estamos recomponiendo las relaciones internacionales *sesuales* de España y sus alrededores por la gloria de mi *mare*. Lola, que la soledad es *mu* bajonaza y jodida, ¿*acomosí*? Y que yo te he *disho* muchas veces que *habé* si tú te animas a *encontrá*, no ya tu media naranja, pero por lo menos a *encontrá* un gajo de la naranja o la cáscara del *sítrico*. *Fueraparte*, mi tía *Angustia* de Chipiona, que aprovechaba *to*, usaba las mondas para *hacé* un caldo que te quitaba las flatulencias corpóreas, que la pobre hasta que lo descubrió se iba *peando* en las procesiones de Semana Santa, un vía *crushis* la *mujé*, *ozú* qué penitencia la pobre con los gases. *Uséase* que el mundo está lleno de naranjas… Que eres viuda pero no estás muerta, *jopé*. Que somos dos viudos, tú y yo. Y no me mires con esos ojos de mora vengativa que se te ponen, que parece que has asesinado a alguien.

Mi padre se giró y comenzó a tocar acordes en su guitarra. Había dado la conversación por concluida.

Comencé la clase. Alguna alumna llegaba, se cambiaba y se incorporaba.

Akiko no había llegado.

Un *tocaor* es un guitarrista que toca la guitarra flamenca, un instrumento de cuerda más ligero que el clásico y que tiene la caja más estrecha para disminuir su sonoridad frente a la voz del *cantaor*. Está hecha de tres maderas diferentes: la caja, de ciprés; el mango, de cedro y la tapa, de abeto. Pero lo que de verdad identifica a un *tocaor* del resto de los mortales guitarristas es la postura: cruza las piernas, apoya la guitarra en el muslo más elevado y mantiene el mástil casi recto, paralelo al suelo y no tan levantado. Macareno Ramos cruzaba la pierna derecha sobre la izquierda y su guitarra se ajustaba entre su pierna y su estómago, la mano izquierda baja manteniendo el mástil ligeramente elevado, cinco grados de pendiente, como Paco de Lucía o Tomatito. Perfecto.

Era la primera vez que Akiko faltaba a una clase de flamenco.

Ahí pasaba algo y yo iba a averiguarlo.

893 y una moneda japonesa.

El campo está en silencio
Los pasos ya no se escuchan
Y los puños de la lucha
descansan de tu sentencia.

Reposa la vaina al caer
sobre la carne marchita
no acudirás tú a la cita
por una flamenco killer.

V. PALMAS

I can't give you
what others took away.
I can't love you
without hurting you.
You can't win
without missing something.
Now decide to fight
or stay in tears.

Ocho presidentes americanos han muerto en el ejercicio de su cargo. Cuatro fueron asesinados, Lincoln, Garfield, McKinley y Kennedy, y cuatro perecieron de muerte natural. Otros cuatro se salvaron tras ser tiroteados: Jackson, T. Roosevelt, F.D. Roosevelt y Reagan. Yo iba a sumar otro a esta última lista de intentos de magnicidio.

Pasé despacio, sin parar el coche, por la puerta del almacén de ramen de Crompton. Había salido con lo puesto y sin quitarme la falda negra que llevaba para la clase de flamenco. Total no iba a salir del coche.

Habían pasado unas diez horas desde que había estado ahí para asesinar a Hisao Izumi. Todo parecía tranquilo, una tarde de trabajo de un día normal laborable. Dos jóvenes con mandiles negros y bandanas en la frente charlaban distendidamente mientras fumaban junto a la puerta enrejada dando grandes bocanadas de humo a sus cigarros. Cuando los sobrepasé miré por el retrovisor exterior; un camión con caracteres en *kanji* salía del almacén para hacer su reparto habitual.

Miré la hora; eran las cinco. Volví a mirar al camión y me dispuse a seguirlo. ¿Un camión de reparto de ramen a las cinco de la tarde en Los Ángeles? Sonaba extraño.

Era la hora punta en la ciudad, y las calles y, sobre todo las autopistas, se colapsan. Mi séptimo sentido flamenco se había activado y la única manera de pararlo era descubriendo la verdad.

Había llegado hasta ahí y tenía un rato que perder. El camión tomó el Alondra Bulevar hasta salir a una avenida amplia camino de Redondo Beach, que comenzaba a congestionarse de coches en todas las direcciones. No me venía mal; era una ruta hacia mi casa. La ciudad de Los Ángeles está en primer lugar en el *ranking* de más atascos del mundo. Un conductor medio de esta ciudad pasa cuatro días completos al mes metido en su coche.

El tráfico iba en aumento y yo no quería perder a mi presa en una maraña de coches, semáforos y calles. Maniobré acelerando y me pegué a su trasera con la intención de que no se metiera nadie entre medias. Sé que no es una táctica muy recomendable pero no tenía otra. Pegarse al que vas a seguir tiene mucho riesgo; me puse una gorra vieja que me habían regalado de los Dodgers y las gafas de sol que tenía en la guantera. Continué intentando no asomarme a sus costados para no ser divisada por los espejos retrovisores del furgón.

Al cabo de diez minutos el camión indicó una maniobra con el intermitente y torció a la derecha; se metió en un callejón. Yo me paré; estaba justo en la entrada a un aparcamiento de un Coffee Beans. Me metí y aparqué de espaldas al camión de reparto, que continuó unos metros y se paró junto a la puerta roja de garaje que tenía en un lateral un letrero de componentes informáticos. «Este va a tirar todo lo que destrozó Izumi, que fue mucho», pensé. El conductor se bajó y miró a los lados con desconfianza. Era un hombre calvo de mediana edad y rasgos orientales. Tuve la impresión de que durante unos momentos detenía su mirada en el vehículo que le había estado siguiendo desde Crompton, el mío. Luego subió el portón del garaje y se metió dentro.

Toc, toc.

Unos golpecitos en el cristal de mi ventanilla.

–*Fuck*! –grité del susto.

Luck me miraba con una amplia sonrisa al otro lado del cristal. Puse cara de sorpresa y bajé la ventanilla.

–*Luck, you scared me!*

–*So sorry, Lola. What are you doing here*?

Me quité las gafas. ¿Qué le podía contestar, que estaba de incógnito siguiendo a un camión de reparto de ramen porque esa mañana había matado al dueño de la empresa con un dardo venenoso y no había aparecido el asesinato en las noticias? Pues no.

Con un gesto caballeroso me invitó a entrar en el local.

–*Please, this is on me.*

Se me estaba poniendo cara de panoli. Luck tenía puesto un traje azul impecable y una corbata granate. Guapísimo, ¿qué tienen los trajes que me ponen tanto? Que el tipo tampoco me estaba invitando a una cena. Que me iba a pagar un café cortado y punto. Salí del coche, me quité la gorra azul e intenté ahuecarme el pelo y recomponerme un poco. Imposible; iba con la falda larga negra de ensayo, los zapatos flamencos y una sudadera rosa con una rosa en el pecho. Me tenía que lavar el pelo. ¡Qué pinta, por Dios santo!

Yo lo seguí al interior. Había dejado de mirar al garaje de informática donde se había parado el camión y dirigía mis ojos a la espalda de mi acompañante. Tipazo. Culito respingón.

Luck se dirigió a la caja y pidió los dos cafés. Todas las mesas estaban ocupadas pero tuvimos suerte; una chica se estaba levantando y recogiendo su portátil. Yo me situé a su lado para ocupar la mesa y miré de reojo al camión de reparto.

Un grupo de cinco hombres, fenotipo japonés y vestidos con traje oscuro, iguales —parecían uniformados—, estaban descargando cajas de cartón del interior del vehículo. Pinta de yakuzas total. El conductor calvo, que había visto momentos antes bajándose de la camioneta, hablaba con otro tipo imberbe, también trajeado y con mechas rubias, y le mostraba su móvil. El calvo señaló extendiendo la mano en la dirección de mi coche ahora aparcado.

—*Perfect... Do we sit down?* —Luck traía los dos cafés.

Contesté cortés pero mi mente estaba alerta.

—*OK, thanks a lot.*

El japonés de la corbata fina y con mechas emprendió el camino en nuestra dirección.

Luck. Que yo realmente solo le había dado respuestas monosilábicas y él me mostraba la mejor de sus sonrisas hablando de su hija Lianna y contándome que la pequeña estaba con su madre. Que lo de estar con su madre era una forma de decir que estaba divorciado. Y me preguntó por Encarnación, que yo le dije que estaba con mi padre, que era una manera de decir que estaba separada también. Lo que más me gustó es que dijera el nombre de mi hija y no se refiriera a ella como «tu hija». Pero yo tenía un ojo puesto en mi guapísimo acompañante y otro en el hombre que se acercaba tranquila y fríamente a nuestro encuentro.

Yo le estaba dando poco juego a Luck con mi conversación y él se llevó el vaso de café caliente a los labios y le dio un pequeño sorbo y comenzó a hablar de lo complicado que era para nosotros ser padres solos. Se expresaba elegantemente y jugueteaba dando vueltas al vaso de papel encerado que contenía el café. Luck hablaba. No hay cosa que en segundo lugar nos guste más a las mujeres que un hombre hablando y contando sus cosas. La primera es un hombre que nos escuche. Yo estaba encantada pero tensa pensando.

El hombre de los reflejos claros en el pelo ya estaba junto al coche vacío y miraba al interior del establecimiento donde estábamos sentados. La espalda de Luck me ocultaba.

—*Is what it has to be a single mother* —dije concentrada en lo que acontecía en el exterior. Realmente no estaba muy relajada.

—*Divorced?*

—*No, no, widow.*

—*Sorry.*

—No matter —dije cuando el japonés estaba entrando en la cafetería—. *If you excuse me for a moment, I have to do one thing.*

Luck puso cara de preocupación; se sintió como si hubiera metido la pata al herirme con sus palabras en algún tipo de sensibilidad extrema femenina emocional. Nada más lejos de la realidad.

—I'll be back.

Me levanté. El hombre delgado de traje oscuro y yo nos cruzamos las miradas. Me di la vuelta y me dirigí a los servicios; estaba segura de que el japonés enrubiecido me seguiría.

El servicio de señoras era pequeño, apenas dos cubículos con inodoros y un lavabo; en una esquina un cubo con una fregona y unos guantes de plástico rosas. El cono naranja con la señal precaución de suelo húmedo seguía en el centro de la estancia. No había nadie. Me puse los guantes, abrí el grifo y dejé que corriera el agua; tomé el palo de la fregona y el cono de precaución. Me dirigí a la primera puerta, la abrí y cerré por dentro con el pestillo. Me saqué rápidamente los zapatos de flamenca y los puse alineados para que desde fuera pareciese que me había sentado en el retrete. Coloqué la gamuza sobre la tapa del mingitorio con el palo de aluminio saliendo por debajo de la mampara que separaba las dos garitas, luego el cono naranja sobre la gamuza. Me arrojé al suelo y pasé, como el palo de la fregona, al baño continuo que estaba libre justo en el momento en que se abría la puerta.

La puerta de mi letrina estaba ligeramente abierta y a través del espejo vi al hombre del traje negro entrar y extraer de su cintura una pistola con un silenciador. Los tatuajes de yakuza sobresalían de sus puños y por el cuello de la camisa. Miró el grifo del que continuaba saliendo agua y fijó su vista en mis zapatos negros que asomaban levemente por debajo de la puerta cerrada.

Sin pensárselo apuntó a la puerta a la altura de su cintura y disparó tres veces.

¡Zum, zum, zum!

El ruido del disparo de un arma con silenciador es como un zumbido seco, y el impacto de las balas sobre la puerta de plástico como la picadura de un estilete.

Le di una patada al palo de la fregona y el cono de advertencia cayó al suelo como si fuera un cuerpo, un señuelo.

En ese momento abrí la puerta y mi puño enguantado en rosa se estrelló en el fino rostro del hombre de rasgos asiáticos y tinte claro que todavía tenía la mirada puesta en la puerta con los tres disparos. Me agaché, le golpeé en el estómago y se dobló sin respiración, y a continuación segué con mi pierna izquierda sus canillas, que se desestabilizaron y quedaron al aire. El hombre cayó de espaldas sobre el lavabo donde se partieron a la vez nuca y cerámica.

¡Crock!

El japonés de los tatuajes se quedó tendido, inmóvil, en el suelo todavía húmedo. El agua continuaba cayendo sobre su rostro y su pelo se oscurecía mojado. Su pistola había caído delante de mis pies descalzos. Me agaché y recogí los zapatos de baile. Me los puse. Guardé el arma en el bolsillo de la sudadera.

Cuando estaba saliendo y mientras me quitaba los guantes de plástico rosa, una mujer joven entraba en los servicios.

–*Not in! Disgusting! It is very dirty and there is a lot of shit on the floor.*

La mujer se dio la vuelta asustada.

Me dirigí a la mesa. Luck aguardaba nervioso y con la sensación de que me había ido al servicio por su culpa. La viudedad femenina es lo que tiene, que produce mucha lástima. Creo que hasta en eso hay una actitud paternalista hacia la mujer. Que yo me quedé viuda pero no abandonada.

–*I did not mean...* –comenzó a balbucear.

–*Don't worry. Could we go to your place?* –le solté.

–*Are you sure?*

–*No.*

Luck se quedó parado, miró los guantes rosas de plástico como si no entendiese nada, cuando era muy fácil. Os lo explico: cuando una mujer dice «sí» puede estar diciendo que «no», solo que se está dando la posibilidad de dar algún paso más antes de decir el «sí» o el «no» definitivo; pero cuando una mujer dice «no», en este caso existen dos posibilidades: que el «no» no venga acompañado de una sonrisa; ese es un «no» claro y contundente, vete y déjala tranquila. Y el otro caso es que el «no» venga acompañado de una sonrisa; ese «no» puede significar que quiera decir «sí» pero diga «no», no vaya a ser que por decir «sí» parezca ser un «no»; que no por decir «sí» quiere decir que diga «sí»; para que sea «sí» aunque no diga «sí» y haya dicho «no» tiene que pasar un lapso de tiempo. Por eso si una mujer dice «no», quédate quieto y no hagas nada hasta que ella te diga «sí» o te sonría. Pero, resumiendo, «no» es «no». No sé cuántas veces tenemos que explicar estas cosas tan sencillas a los hombres. Toda la vida juntos y la mayoría todavía no se ha enterado de esto.

Mi «no» había sido con una sonrisa.

Miré fuera; el hombre calvo con pinta de yakuza miraba distraído su reloj en la puerta del garaje.

–*Lets go*!

Teníamos que salir de allí antes de que una mujer utilizara el baño o antes de que alguno de los japoneses trajeados de oscuro echara en falta a su compañero con reflejos en el pelo. Miré al techo y la única cámara que había en el local estaba apuntando a la caja y alrededores. No había dejado huellas. En un rato me desharía de la pistola y de los guantes.

Me puse en pie.

–*I would like to give you some private flamenco lessons. Come on.*

Luck se levantó de la silla y me siguió. Los cafés se quedaron encima de la mesa. Estaba segura de que él era el que ahora miraba mi culo.

Nos subimos al coche y nos fuimos de aquel lugar.

Las palmas son el instrumento de percusión más antiguo que existe. En el flamenco, con las palmas se marca el compás, un patrón rítmico. Pero no todo el flamenco puede seguirse con palmas. El cante libre es lo que tiene, que no tiene compás y los palmeros permanecen en silencio sin acompañar el cante o el baile. Las palmas pueden ser sonoras, abiertas o agudas, y se hacen estirando los dedos y golpeando sobre la superficie de la otra mano. Las palmas también pueden ser sordas, más graves, y se hacen ahuecando las manos.

Mi padre me dijo una vez: *«Mira Lola, el flamenco es una religión y las palmas su oración a carajo quitao, cogiendo un seguío al compás. Acomosí que Dios creó el flamenco lo sabe hasta mi tío José Lui, el Chungo, el de Aesira, que era ateo por la gloria de Dios y que era el único de la familia que no creía ni en la Santísima Trinidad: Padre, Hijo y Espíritu Santo. Lo básico para el apoderamiento al catolicismo apostólico y practicante, vamos, que el figura iba a misa obligado por mi agüela por parte de madre, la de los Losantos, y levantaba la mano pa hacer preguntas durante la liturgia, y las misas se hacían eternas, como una semana de vacaciones en el infierno. Abucheao, hasta que don Anselmo, un cura mu capillita, acharado el tipo lo sacó del templo, ya aburrío que estaba el hombre de tanto apostillamiento conceptual... Pues mi tío José Lui decía que ¡olé! venía del árabe ¡Allah!, que es su dios. Ozú, que digo yo que en el cielo los dioses hablarán entre ellos para ponerse alajaos en sus cosas y cantarán por bulerías, digo».*

Da palmas y lleva el compás, que me fui con el Luck a darme un avío.

I don't desire to talk about my kisses,
I don't sigh to say my whispers,
I'm not trying to explain my moans,
I don't want to sing my songs,
I don't chase to scream my passions,

If you love me just for a moment.

VI. TABLAO

Oh! Mon amour, á toi je veux te dire
ce que je ressens pour toi je souffre et,
c'est de plus en plus fort,
J'ai encore plus envie de vivre la vie
si tu pouvais savoir comment je me trouve.
Quand des fois tu caresses mes cheveux,
maintenant j'ai eu mon désir, désir.
Belle comme une rose
sucrée comme un rêve
tendre et chaleureuse aux grand yeux noirs
elle me console
pour ça que je l'aime.

El flamenco no tiene fronteras, ni aduanas, ni peajes, no tiene lengua tampoco; es tan libre y tan hermoso como escuchar a José, el Francés, sacando palabras de una garganta llena de cicatrices y con una sonrisa amarga.

Estaba en la hilera de coches que se formaba para recoger a los niños del colegio y me sentía encantada de la vida. Tenía que llevar a mi hija a su sesión de terapia con Margaret y luego la dejaría en casa de Lucy para que se quedara a dormir. Esta noche era la inauguración del tablao que mi padre abría con su socio Xen Lee en Long Beach. Me tocaba bailar.

Sonreía, todo me parecía bien. En mi mente la tarde de pasión, que no te voy a contar pero que te resumo en una frase que las mujeres me vais a entender (si un hombre está leyendo esto y no lo comprende que pregunte): *«Luck sabe ser amable y sexy, sabe lo que hace y lo hace bien, y sabe lo que tiene... y tiene mucho».*

Es que no se me iba la sonrisa de la cara, que han sido cinco años largos de secano, de madre soltera dedicada a lo otro, que lo más parecido al sexo que he tenido en este tiempo era pintarme las uñas.

Encarna se subió al coche y con maña se puso el cinturón ella sola. Estaba haciéndose mayor. Se llevó la mano al cuello y me mostró su moneda, que seguía allí colgada.

–*Hi mom. I am the guardian of the great power.*

–Hola hija, ¿qué tal en el cole? OK, pero lo de la guardiana vamos a tenerlo como un secreto nuestro, no queremos que otras niñas quieran el gran poder, ¿vale?

No quería tener a todo el colegio descojonándose de mi hija si decía eso en voz alta.

–*All right. How about you?* –preguntó mientras ocultaba su talismán en el interior de su camiseta.

Se estaba haciendo mayor muy rápido.

¡Qué felicidad tenía yo en el cuerpo! Sonreía por todo.

Luck pasó con Lianna, su hija, de la mano junto a nuestro coche. No se paró pero me sonrió y guiñó un ojo que parecía hecho a cámara lenta. Yo le sonreí como una *teenager* desesperada y me puse roja.

–*Mama, Lianna's father winked at you.*

–No hija, se le habrá metido algo en el ojo.

–*Mom, don't be silly, he smiled at you.*

Me estaba poniendo roja y tragué saliva.

–*Miss Atwood says that when one gets red it´s embarrassing* –continuó ella con toda naturalidad.

–Dile a Miss Atwood que también uno se pone como un tomate cuando toma el sol en la playa.

–*Did you sunbath?*

–Un ratito.

–*Did you go to the beach?*

–Encarna, sí, me ha guiñado el ojo el padre de Lianna y me he puesto roja de vergüenza.

–*I imagined it.*

Creo que soy yo la que debería ir a terapia.

Margaret nos hizo pasar con una sonrisa de oreja a oreja, que yo me dije: «otra que se lo ha pasado bien esta noche». Nosotras nos reconocemos.

Me quedé en la salita de la entrada y Encarna siguió a Margaret al despacho con estanterías llenas de juguetes y paredes con dibujos de niños. Tenían para media hora por lo menos.

El sistema psicológico de Margaret era hacer dibujar a sus pequeños pacientes y plantearles preguntas sobre lo que habían pintado. Que yo probé a hacerlo en casa para ahorrarme los cien dólares de la consulta. Yo me ponía delante de ella pero Encarna ni pintaba, ni decía ni *mu*, y se me quedaba mirando de lado como diciendo: «*What 's wrong with you?*».

Empecé a traer a Encarna porque la chiquilla dibujaba mucha cruz, mucha tumba, que mi padre decía que era una gilipollez, que a la niña no le pasaba nada, pero es que las madres somos más de «por si acaso», que si la Encarna tiene un trauma pues lo sabemos y que viva su vida con él pero sabiendo que el trauma está ahí.

Escucho a mi padre: «*Quilla, ezo no pue ser, tú lo que estás es apollardá, que eso de la cruces es una chuminá. Por Dios, que la Encarna solo tiene cinco años y la llevas a una loquera, tú sí que estás ennortá, contento me tienes; que a mi primo Miguel lo llevaron sus padres a ve a un soológico de esos en un polígamo en Jerez, donde Cristo perdió el gorro. Vamo, el pisha era un poco sarasa y salió peó de la consulta, que desía que era guei, uf... que se fue hasta allí para que le dijeran lo que todos sabíamos, que era un bujarrilla».*

Me quedé mirando la portada de una revista; ahí estaba mi objetivo. En dos semanas me iba a encargar del presidente y no hacía más que darle vueltas al cómo. El día se acercaba. Matar pero no matar. Así de fácil.

Lo de matar a un presidente es siempre muy complicado si además quieres salir viva del intento, pero cuando se trata del presidente de los Estados Unidos de América, más.

La puerta del despacho de la psicóloga infantil se abrió cuando yo estaba repasando los mensajes de mi buzón; vi que tenía uno de Perry Samuelson para que quedáramos y viéramos el escenario de la actuación en el Beverly Hilton. Encarna llevaba en la mano un dibujo que acababa de hacer. Margaret levantó un pulgar y me dijo:

—*We are progressing. See you next week.*

Llegamos al coche y lo primero que hice fue ver el dibujo que había hecho Encarna en su terapia. Me quedé horrorizada. Había dibujado cuatro monigotes en este orden: a ella primero, que siempre se dibujaba con un lazo rojo en el pelo, luego iba yo con mi falda larga de flamenca, a continuación un tipo alto y fuerte con camiseta ajustada, ¿Luck?, y a su lado Lianna, su amiga, la hija de este.

¿Que estábamos progresando? Eso me ha dicho. Lo que le pasa a esta Margaret es que se lo está pasando bomba a costa de esta pequeña cotilla que es mi hija. ¿Será capaz la muy desgraciada de estar contando todas nuestras intimidades ahí dentro? Que yo la miraba por el retrovisor mientras conducía y la niña parecía una mosquita muerta. Pero era para verla ahí dentro, en ese despacho, que se pone con unos lápices de colores a dibujar mi vida. Que seguro que la Margaret le tira de la lengua como psicóloga que es. ¿Qué le habrá contado? ¿Que me guiñó un ojo? ¿Le habrá dicho que ayer me acosté con Luck? Esta hija mía es un peligro. Lo sabe todo. Es que se fija mucho. Yo casi prefiero que siga dibujando cruces y tumbas y tenga su trauma como lo tenemos todas. ¿Qué mujer no tiene un trauma? Uno por lo menos hay que tener, que mejor eso a que vaya aireando mi vida sentimental a los cuatro vientos. A saber qué habrá contado. Ahora entiendo por qué al salir me ha levantado el pulgar. ¡Dios mío! Claro, me estaba felicitando por el polvo con Luck. Ni un momento de calma tengo. Estamos progresando dice...

La dejé en casa de Lucy. Mañana hablaría con ella de madre a hija.

Pasé por casa para coger mi vestido rojo de flamenca de cola larga y lunares blancos, el de las ocasiones especiales. Me puse los zapatos acharolados rojos, a juego. Tengo la costumbre de ponérmelos con tiempo antes de actuar para que se vayan adaptando al pie.

Pedí un Uber. La zona de Long Beach es complicada para aparcar y así estaría más centrada para la actuación.

Según la aplicación, Lucas en su Prius matrícula XDC 3051 llegaría en cuatro minutos.

Salí al porche a esperar. Luego paseé distraídamente la mirada por la calle. El coche oscuro con un tipo al volante hacía guardia a unos treinta metros. El hombre miró a un lado cuando me vio salir. Yo hice como que no me había enterado.

Llegaron Lucas y su Prius impecable; me llevó a Long Beach atravesando Torrance. Pasamos por delante del *dojo* del *sensei* Nagano, que estaba instalado en una antigua sala disco. Tengo que volver a entrenar pero el flamenco me quita mucho tiempo.

Llegué a las seis a Flame&Co, me bajé del Uber y les di la máxima puntuación a Lucas y a su Prius. Había una cola de más de cien personas en la puerta, que a los americanos les encanta hacer colas, lo llevan en la sangre; nadie se cuela ni tiene prisa y yo creo que en el fondo les resulta excitante sentir que un montón de almas más coinciden con sus gustos. Les pone estar en fila, que yo he visto con estos ojitos una cola de media hora para comprar un helado en la Fata Morgana de Beverly Drive.

A los tablaos se los conoce como las catedrales del duende; son este tipo de lugares donde puedes tomar una copa mientras ves un espectáculo. Se pusieron de moda hace más de ciento cincuenta años.

Alrededor de un escenario de listones de madera, tabla para el baile, unas sillas y el sonido de las guitarras. Los tablaos proliferaron como parte de una actividad social ligada a la cultura gitana. Apunta para nota: las tres grandes corrientes de los tablaos las encontramos en Cádiz, en Jerez de la Frontera y en el barrio de Triana, en Sevilla. Será en las tristes postguerras, después de unas guerras más tristes aún, primero en España y luego en Europa, cuando los tablaos se instauran melancólicos, fácilmente, sin necesidad de grandes inversiones, sin necesidad de acústicas sofisticadas... Entonces el mundo flamenco comienza a expandirse más allá de las fronteras de Andalucía, su cuna.

Compartía camerino con Nuria Puig i Castell. Las dos estábamos poniéndonos los trajeres de lunares, que no hablábamos pero nos decíamos de todo con los silencios de mujer, que son silencios hablados. Los silencios son diferentes en los hombres que en las mujeres. Los silencios en el hombre son más para no pensar, inexpresivos, para estar callado. Los silencios en las mujeres son más contenidos, que por dentro no paramos de pensar, somos más de silencios expresivos. Que nos hace falta cualquier cosa para soltarlo todo. Los hombres necesitan todo para soltar nada. Así son ellos.

–¿Lola, me ayudas con la cremallera? Ha *encallat* la puñetera.

–Claro, ¿no necesitas nada más?

–*¿Què més vaig a necessitar, mureneta?* –Nuria se colocaba las pestañas postizas.

–No sé, que una puede estar muy necesitada. –Yo que ajustaba las copas del sujetador.

–Mira, que lo único que necesito *és tancar la cremallera del vestit.*

–Será que es lo único que tienes abierto.

–¿Qué, es una indirecta?

–¿Indirecta? No.

–*Noia, si voleu dir-me alguna cosa post mirarme a la cara i dir-me.*

Nuria era una catalana muy clarita y se lo solté, así.

–Pues lo de lo tuyo con mi padre. Que os escuché el otro día cuando te quedaste a dormir... y me gustaría saber qué intenciones tienes, porque él, como todos los hombres, no tiene ni idea de lo que es una relación seria; vamos, desde que murió mi madre.

–*Mare de Déu. ¿Sobre el seu pare i jo? El seu pare un nen no és. Quant a mí no has de preocuparte...* Nunca he escondido que soy lesbiana, pero con tu padre es diferente. A mí me agradan las *donas*, pero con él me río tanto. El condenado es muy gracioso –Nuria cruzó los dedos de sus manos y los crujió estirando las al frente–. También me gusta Putin y me lo haría seguro con Puigdemont en un *vis a vis* porque me pone todo lo sadomaso-separatista. Normalmente soy vegana, pero de vez en cuando me gusta un filete de buey. *No tinguis por, noia, no vaig a robarte el teu pare.* Guárdame un secreto..., ahora salgo con una chica morena llamada Oprah. Está aquí esta noche. Mira, Lola, yo soy así y soy feliz, ¿qué le voy a hacer?

Nuria comenzó a frotarse las manos y dar palmas para entrar en calor.

Si cuando las chicas hablamos arreglamos el mundo. Que nosotras somos de hablar y de entendernos; también somos de no hablar más si se nos tuerce mucho. Que nos dimos un abrazo y dos besos y yo me sentí un poco ridícula con los celos de una niña y el complejo de Electra sobredimensionado.

Me puse la coleta y un clavel grande que tengo que se agarra con pinza al pelo, ya maquillada, y me coloqué también unas pestañas postizas que llegaban a la mejilla cuando cerraba los ojos. Divina me puse.

Cuando iba al escenario saludé a Xan Lee, el socio chino de mi padre. Estaba tan exultante que hasta se había puesto un sombrero cordobés y no paraba de decir «ole» con una L muy china, corta y fina, poco sensual y muy de corrido.

El local estaba lleno para la inauguración. Sobre las mesas copas de vino, cervezas, platos con jamón y pinchos de *orange chicken*.

Mi padre, Macareno Ramos, salió primero al escenario. Y entraron a continuación Nuria y Miguelito, al que encontré un poco más rellenito con eso de que ya no levantaba piedras, ni cajas, ni *ná*. Se había puesto el hombre unos kilos de más, que yo veía sufrir el cajón flamenco bajo esa enormidad.

Miguelito comenzó a darle al cajón a un ritmo más parecido a un zorcico que a una bulería, pero la gente empezó a aplaudir. Luego entraron las palmas de Nuria para entonar aquello un poco más gitano.

Mi padre se sentó recto, cogió su guitarra y cruzó la pierna derecha sobre la izquierda para apoyar el instrumento. Entabló el diálogo con la percusión con esos redobles que levantan el telón invisible del duende. Y ahí salí yo, entregada a la música, que ya había cogido el ritmo con las palmas y la percusión.

No me des candela,
no me des candela,
que cuando me acerco a ti
mi camino sobre el mar
se convierte en una estela.

Yo estaba en pleno baile, la espalda arqueada, sujetando la falda, recogida con la mano izquierda mientras la derecha dibujaba caracoles en el aire y se tensaba al cielo y señalaba con el índice, y mi cara con la barbilla al frente esculpía una sonrisa amarga. Entonces la vi al final de la sala. Estaba sentada a una mesa al fondo junto a dos hombres elegantemente vestidos. Me miraba pero su rostro no expresaba nada. Permanecía inalterable y con cierto aire a lo Mona Lisa.

Akiko había ido a verme.

Volví a meterme en el ritmo, en la tensión del golpeo y la tabla, del cuerpo que iba y venía al frente, de las manos haciendo bucles imposibles hasta el agotamiento.

Mi padre se quedó en el escenario con una cervecita en la mano y departiendo.

Solo te digo que me metí en el camerino con intención de cambiarme e ir en su busca.

—*¡Aaaah!*

Me habían dado candela.

Don't give me a candle,
that when you sleep at night
the tears that I shed
already dye to blanket tight.
Don't give me a candle, baby
that if you touch a hair on me
I take the knife and got you right here
you, son of a bitch.

VII. PALO SECO

Ay ese ojito rasgao,
ay ese ojito tuyo
que no quiero verle llorar
por un miedo que no es suyo.

No tengas cuidado al decirlo.
Sal de donde te escondes
que entre puñales de plata
no hay armario que tú rondes.

Que más odio guarda el que insulta,
el que te escupe a la cara
y que su hombría defiende
a tiros sobre tu espalda.

Diles que el amor no elige,
diles que sus rencores guarden
y cose tus telas de sueños
con puntadas que no ardan.

Puedes decirlo claro,
puede que no te importe
y si maricón te dicen
compórtate como un hombre.

—¡Aaaah!

Un dardo de cuatrocientos voltios a palo seco me dejó patitiesa y tendida en el suelo con el traje de faralaes puesto. Esto de las descargas se estaba haciendo habitual en mi vida. Luego sentí la aguja y un líquido tranquilizante que entraba en mi cuello y me sedaba hasta dejarme inconsciente.

No me preguntes cómo lo hacemos pero yo creo que la mente de una mujer no descansa ni bajo los efectos de la anestesia. Que así como iba de sedada e inmóvil yo seguía dándole a la cabeza. Me subieron a una furgoneta y sentí el frío metal bajo mi espalda; este traje de gitana es lo que tiene, que lleva la espalda al aire. Yo me puse a pensar que si no estaría bien usar una de estas pistolas de dardos que descargan una corriente eléctrica en el cuerpo a no más de ocho metros de distancia de su objetivo.

El vehículo se movía y yo sin que los músculos me respondieran daba bandazos sobre el suelo metálico como si estuviera bailando sin ritmo, como una marioneta en manos de un chimpancé.

Yo estaba despertando y sin muchas ganas de baile. Paralizada y con la boca seca, sentí que una mano agarraba mi pelo y me levantaba la cabeza. A los párpados les costaba abrirse y responder a los destellos de la luz de aquel lugar. Me sentía acunada con un movimiento de balanceo. Cuando finalmente abrí los ojos tenía una pistola apuntándome a la cara y estaba sentada en una silla en el camarote en un barco.

El calvo que había visto conduciendo la camioneta desde el almacén de ramen hasta el depósito de *hardware* sujetaba una Beretta M92F con una mano y con la otra me sujetaba el moño y mantenía mi cabeza en alto. Akiko Izumi miraba desde la puerta del camarote; llevaba una camisa blanca y un pantalón amplio que seguro había comprado en Uniqlo. Que las mujeres somos así, saliendo de la anestesia y fijándonos en todo, sobre todo en la vestimenta de la prójima. Akiko iba ideal de la muerte. Seguro que eran de Uniqlo, que para eso es ella japonesa, que yo soy más de Zara, aunque yo iba poco apropiada para la circunstancia, vestido rojo de cola larga y lunares blancos.

—*My dear and esteemed teacher, I want to congratulate you for your performance tonight. It's been wonderful, full of strength. They should all follow there, as your father says, 'let´s juerga'.*

Yo me quedé mirándola con desprecio; la palabra «juerga» en sus labios sonaba a convocatoria de «huerga» en los astilleros.

—*Bitch.*

—*You, flamencos, are very temperamental people.*

—*As you dance, you live.*

El japonés de la cabeza afeitada me seguía agarrando de los pelos; era igualito que si lo hubieran sacado de una película de Tarantino. Que me quedé mirándolo con desdén y le pregunté si no iba a rodar más episodios de *Kill Bill.*

No le hizo gracia mi sarcasmo y me arreó un codazo en la nariz, que se puso a sangrar sin desconsuelo. Era un tipo muy sensible.

–*It was a joke, asshole.*

Akiko continuaba hablando a cierta distancia; no me extrañaba, con esa camisa blanca que llevaba puesta como para acercarse con tanta sangre salpicando por todos los lados. El calvo acercó el cañón del arma a mi sien. No disparó. Ahí fue cuando yo pensé, «si no me ha matado es que hay algo que necesitan. Sino me hubieran matado en el camerino o lo hubieran hecho en mi casa». Bueno mi casa ahora estaba vigilada por el Servicio Secreto, a lo mejor los yakuzas lo sabían. «Están buscando algo y por eso estoy aquí».

«Piensa Lola, si les das ese algo estás muerta».

Miré a la mujer que había sido mi alumna de baile; mi nariz se había inflamado y seguía perdiendo sangre.

–*OK, Akiko, tell me what I can do for you.*

Esperaba que no pretendiera competir conmigo como asesina. Ese era mi negocio.

–*I only will avenge myself for the death of my part-ner* –pronunció fría y distante la mujer de los ojos rasgados–. *You are a very good flamenco killer.*

Akiko no me había contado toda la verdad. OK, yo había matado a Hisao Izumi, de acuerdo, pero había algo en esta historia que no me había dicho mi clienta japonesa. Que vale, que soy una asesina a sueldo; que vale, no soy una mujer escrupulosa cuando se trata de acabar con la vida de un hombre malo, pero me equivoqué, di por hecho que la confianza era algo que se presuponía en un acuerdo entre mujeres y no es así. No me volverá a pasar. Me pagan por matar pero odio que se aprovechen de mí y de mi buena voluntad, y más una mujer, que se supone que estamos en el mismo barco, también en sentido figurado.

Akiko se acercó y me enseñó el móvil en el se me veía en el despacho del almacén de ramen con Izumi entregándome la moneda de cobre y diciéndome lo de «*Ocho, nueve, tres*» y después cuando me puse a limpiarlo todo mientras Hisao estaba muerto, postrado. Con una cámara camuflada habían rodado los hechos. Yo miraba cómo pasaba el aspirador. No sé qué me dio más rabia, que tuvieran esa grabación o que me hubieran pillado de maruja limpiándolo todo con tanta dedicación y alevosía. No había visto esa cámara. Otro fallo para mi currículum. Demasiados.

–*Dear Lola, what did he tell you? What did he give you when he showed up?*

Lo recordaba perfectamente.

–*No idea, I don't speak Japanese. He gave me a coin that I threw in the garbage.*

El calvo y la mentirosa se miraron con sorpresa. Esa media verdad les dejaba barruntando cuál sería su siguiente paso. Lo que yo ahora sabía es que lo que estaban buscando estaba colgando del cuello de Encarna y ellos creían que estaba en la basura.

–*That's all. Before dying he destroyed everything.*

El calvo me pegó un rodillazo en la cara. La nariz me empezó a sangrar de nuevo.

–*Tiny dick, take away your complexes.*

El calvo descargó el puño armado otra vez sobre mi cara. Escupí sangre. Me estaba poniendo la cara hecha un cristo.

–*Ozú, let's play something. I say something and you harness me…* Veamos, esa cabeza abombada que tienes parece el prepucio circuncidado de un canario.

Esta vez me arreó en el estómago y me quedé sin respiración. Akiko hizo un gesto afirmativo con la cabeza; aquello se había terminado, de mí ya tenían toda la info que querían.

–*Again, that wild flamenco character.*

En la habitación entraron otros dos hombre trajeados que me sujetaron y me sacaron a rastras del habitáculo a la cubierta del yate.

Las luces de la costa se veían a lo lejos.

Akiko permaneció un buen rato mirando la oscuridad. Las cosas no estaban saliendo como ella deseaba. La moneda y las palabras eran dos claves con las que ella contaba desde el principio y ahora habían desparecido.

Observé de soslayo el mar. Tenía que reaccionar; seguramente me enfrentaba a un disparo y a ser arrojada al agua para servir de alimento a los peces. Akiko me miró y señaló mi bata de cola roja y lunares blancos.

—I'll have to start a different kind of dance; the dance of the seven veils perhaps. Pity, it's a very nice dress.

Akiko hizo un gesto al calvo. Yo salté por la borda.

¡*Splash*!

Me sumergí en el agua fría. A mi alrededor las balas que disparaba el calvo desde el barco buscaban una *carná* donde incrustarse. Durante unos instantes mi cuerpo se dejó caer en las profundidades mientras la embarcación se alejaba.

Tomé impulso y salí a la superficie.

El japonés rapado apuntaba con desesperación a la superficie oscura buscando alguna señal para seguir descargando los proyectiles de su semiautomática. Akiko se sujetaba al mástil de la bandera americana y miraba desde la popa la estela del yate que se perdía en la noche.

Leí el nombre del navío: Ran. «Lirio en el agua».

La bata de cola cargada de agua era muy pesada y estuve a punto de quitármela, pero las mujeres somos así, lo de «antes muerta que sencilla» es verdad, que yo no quería perder ni el traje ni la dignidad por muy en el océano que estuviera. Que yo he ido a lugares y he estado noches enteras con zapatos de tacón que causaban más dolor, pero como me encontraba monísima no quería quitármelos. El vestido de cola y los tacones se venían conmigo.

Comencé a nadar aprovechando una corriente que llevaba a los acantilados de Palos Verdes. El silencio del mar se rompía con el chapoteo de mis brazadas. Me pareció escuchar el silbido que hacía una ballena cuando expulsaba el aire.

Pasó un tiempo que se me hizo infinito luchando por sobrevivir hasta que entré en una zona donde el oleaje con sus sacudidas me ayudaba a acercarme a la costa.

Cuando llegué a una pequeña cala me quedé tendida sobre la arena, exhausta, y cerré los ojos. Tenía mi vestido puesto.

La expresión palo seco tiene un origen marinero y se refiere a la navegación sin velas en caso de tormenta con los mástiles desnudos; con el tiempo la expresión se convirtió en sinónimo de hacer las cosas sin aliños o tomar algo de alimento sin beber nada.

VIII. JONDO

Ahora que ya no te quiero,
ahora que todo se olvida,
ahora que tu nombre borra
de mi cabeza herida
el insulto de una zorra.

Ahora que tú no me mandas,
ahora que todo termina,
ahora que mi camino empiezo
dejando el pasado en ruinas
sin más rencor que el tropiezo.

En Granada, en el mes de febrero de 1922, el poeta Federico García Lorca daba una conferencia sobre el misterioso génesis de estos géneros musicales: *«La diferencia esencial entre el cante jondo y el flamenco es que los orígenes del primero hay que buscarlos en los sistemas de la música primitiva de la India, mientras que el flamenco no adquiere su forma definitiva hasta el siglo XIII».*

Jondo es fondo, profundo, quejido y grito. Todo y nada.

El sol poniente de otoño alargaba mi sombra en el callejón y los nubarrones estaban adueñándose del cielo; las primeras gotas de lluvia habían llegado a un Los Ángeles seco y ventoso.

Los del país del sol naciente estaban dentro del almacén sin saber que en unos instantes iba a entrar a quitarles la vida.

Yo estaba de pie, parada delante del garaje de la puerta roja que se anunciaba como un depósito de componentes informáticos. Iba de con mis *leggins* negros, llevaba las dos Sig-Sauer P-226 con silenciador ocupando mis manos, acomodándolas, la *koshi-sori* a la espalda, sintiéndola, y mis zapatos flamencos que me traían suerte ajustados como unos guantes. Estaba preparada.

Sentada a una mesa del Coffe Beans, había estado observando la entrada en la última hora y al local había llegado toda la «yakucería» de Los Ángeles. Treinta trajeados y tatuados estaban dentro por lo menos, que tanto hombre para una sola mujer como que no. La que no había pasado por ahí era la elegante Akiko, aunque luego sabía a dónde ir a buscarla.

Esa mañana me dolía todo el cuerpo; la nariz continuaba inflamada al igual que la mejilla. Me di un retoque de maquillaje para no tener cara de boxeadora después de un KO, pero hubiera necesitado una careta de Hello Kitty para disimular los golpes.

El coche negro con el tipo vigilando seguía discretamente aparcado cerca de la puerta de mi casa. Yo no tenía ninguna intención de que me viera salir y me siguiera hasta la guarida de los yakuzas. Tampoco quería levantar sospechas con mi comportamiento. Metí las pistolas —que tenían puestos los silenciadores— y la *katana* en una bolsa y salí por el callejón trasero. Luego pedí un Uber a dos manzanas de distancia para que me llevara al Coffe Beans. Allí esperé el momento de la venganza.

Levanté el rojo portón del garaje y entré.

Mis ojos se adaptaron rápidamente a la poca luz que iluminaba el almacén y comenzó la música en mi interior. Aquello no era cante jondo, era una rumba cantada por Lola Flores en el año sesenta y nueve que mi padre saca de repertorio los fines de fiesta con ese ritmo explosivo que tiene.

Tú lo que quieres es que me coma el tigre.
Que me coma el tigre,
mi carne morena.

Tú lo que quieres es que me coma el tigre.
Que me coma el tigre,
que baila tan buena.

Las balas, silenciosas salieron coreografiadas de la pistola de la mano derecha al compás de la rumba de La Faraona. A los cuatro primeros yakuzas que me encontré, que estaban sentados charlando de sus cosas, les disparé en la frente con los cuatro proyectiles mudos. No tuvieron ni tiempo de desenfundar sus armas ni de pensar. El factor sorpresa estaba jugando a mi favor.

El almacén estaba dispuesto en por lo menos diez filas de estantes con pasillos estrechos en medio. Me metí por el pasillo más alejado de la puerta. Al fondo estaban todos reunidos.

Me asomé al pasillo desde una estantería que estaba llena de monitores antiguos. Había una veintena de hombres dispuestos en pupitres y escribiendo. Miré la estantería; tendría cuatro metros de alto por ocho de largo. Apoyé mi espalda contra la pared y mis pies sobre la librería metálica y empujé el armatoste lleno de cachivaches.

Los equipos empezaron a caer y la estantería comenzó a desmoronarse lentamente sobre la que estaba en perpendicular, creando un efecto dominó sobre la siguiente.

Ante el ruido, los yakuzas comenzaron a salir de su reducto.

> *Tú lo que quieres es que me coma el tigre.*
> *Que me coma el tigre,*
> *mi carne sabrosa.*

> *Tú lo que quieres es que me coma el tigre.*
> *Que me coma el tigre,*
> *mi carne de rosas.*

Unas tras otras iban cayendo las estanterías sobre las contiguas. Las fichas de dominó se estaban desmoronando.

Los tatuados salían de la habitación y se movían por los últimos pasillos cuando el tsunami de hierro y *hardware* se les vino encima a los primeros osados.

Corrí por el pasillo descargando las once balas que todavía tenía en la pistola derecha y eliminando e hiriendo a muchos, que me miraban sorprendidos por el vendaval de disparos que no esperaban.

La piel de aquellos hombres tatuados estaría seca y grisácea en pocas horas y luego, con el tiempo, serían un cuero pegado a los huesos, y al final polvo.

Enfundé la pistola que se había quedado sin munición y desenfundé la *katana,* que movía al ritmo de la rumba del tigre, lacerando, cortando, talando, seccionando, fragmentando, separando, sesgando, mutilando, tronchando y guillotinando cualquier vestigio de carne tatuada.

En el primer recuento que hice había quince cadáveres o a punto de serlo sobre el pavimento de cemento que estaba bañado en sangre.

Entré en la sala. Seis hombres trajeados estaban preparados con las *katanas* en posición formando un semicírculo.

Mire mi *katana*, luego llevé la mirada a la pistola que tenía en la mano izquierda. Preferí la opción de las balas. Disparé y apenas reaccionaron ante mi elección. Murieron con la espada entre las manos.

No tenía yo el chocho para ceremoniales de guerra con la espalda todavía dolorida por la paliza que me habían dado el día anterior.

Allí no estaba Akiko; tampoco el calvo trajeado que me había dado la somanta de hostias.

Entonces me monto en la loma,
me subo en el árbol, me tiro en el río.
El tigre se monta en la loma
se sube en el árbol se tira en el río.

Entonces me salgo del río.
Me meto en mi casa donde no me vean.
El tigre se sale del río,
se mete en mi casa, la cosa está fea.

Los yakuzas no son muy de quejarse. Será que ya están acostumbrados por amputarse el dedo meñique cuando sale mal la cosa. Apenas se escuchaban ruidos después de la carnicería, algún lamento. Olía a sangre.

Cuando salía camino a la calle, clavé mi *koshi-sori* en el corazón de un par de heridos que me miraban con odio. Comprensible por otro lado. No quería dejar señales de mi paso y menos el recuerdo de mi cara, que luego estos van largando que si fue una mujer, que si la *katana*. Que no quería testigos, vamos.

> *Tú lo que quieres es que me coma el tigre.*
> *Que me coma el tigre,*
> *mi carne morena.*

Cuando salí a la calle llovía.

Había quedado con mi padre y mi hija en la puerta del *dojo* del *sensei* Nagano a las dos y media.

El 442 rojo aguardaba aparcado cerca de la puerta. Metí la bolsa con las armas y dejé la *katana* apoyada sobre el portón trasero.

—¿Cómo te ha ido con los yakuzas? —dijo Macareno, que estaba poniendo un casete de Los Chunguitos.

—Bien, bien, casi tengo ese tema solucionado. Necesito entrar un momento a ver al *sensei* Nagano y entregarle algo —miré a Encarna—. Hija, necesito que me prestes la medalla de la guardiana del gran poder.

—¿Guardiana del gran poder? *Quilla*, ¿qué es eso? ¿Que has hecho a la niña de una cofradía de Semana Santa aquí en Torrance? Si te pones un capirote de nazareno te encierran por supremacista.

–No, papá, es un pequeño secreto que tenemos las dos. Le di un talismán para que le diera fuerza y la protegiera.

–Pues para la fuerza yo tengo unos fideos con caballa *preparaos* que no se los salta un gitano. Cuando acabes de entregar la perra chica esa nos vamos a la playa.

Encarna se sacó la moneda japonesa ovalada con el agujero en medio y me la dio.

–No te preocupes, mamá te conseguirá una mejor –le dije levantando el pulgar–. Ahora vengo.

Encarna asintió con dudas. Cogí la *katana* y entré en el *dojo* del *sensei* Nagano, la antigua sala disco Mercurio de Torrance.

–*Cundi*, mamá te va a dar a elegir una medalla de guardiana de esas… que no será la del gran poder, pero, ¿tú qué prefieres, la de Esperanza de Triana, la del Cachorro o la del Padre Jesús Nazareno, el señor de *Cai*, que es más nuestro?, dime.

Un grupo de niños se ajustaba sus kimonos con la ayuda de sus madres. Dos mujeres de mediana edad vestidas con kimonos negros practicaban movimientos de *kenjutsu* con sus *shinais*, gruesas estacas de bambú.

Me acerqué al altar donde se quemaba el palo de sándalo. Ahí estaba la foto de un posado de Nagano joven con otro hombre y una niña, todos japoneses; detrás el barco, Ran. Me fijé bien en el hombre junto a Nagano; era Hisao Izumi, más joven pero sin duda era él. La niña era Akiko.

Sensei Nagano estaba a mi espalda. Me giré. Incliné la cabeza durante unos segundos en señal de respeto al maestro, luego estiré la mano, abrí la palma y mostré la moneda.

—*Eight, nine, three* —dije.

Nagano tomó la moneda y me invitó a sentarme.

—おかげで.

Despacio y mezclando palabras en los dos idiomas, el *sensei* Nagano, me contó su historia.

Él era un *nenja, uséase* que era gay. El *nenja,* en la tradición japonesa samurái era el hombre de más edad e Hisao era un *wasahu,* el joven. El *Shudo* era como se llamaba esta tradición centenaria donde el samurái mayor enseña el camino al joven guerrero en todos los ámbitos de la vida. Vamos, en pocas palabras, que si quieres comportarte como un hombre mejor que te enseñe otro hombre. Ambos habían estado en el monasterio Kobo Daishi en el monte Koya, que debe ser como el Rage de Santa Mónica Bulevard, un sitio de ambiente con *happy hour* pero en plan espiritual japonés.

Bueno, y en medio de esta relación entra Akiko, que es hija de una hermana de Hisao que muere. Los tres como una familia vienen a California en los años setenta. Nagano elige el camino del *dojo* para ganarse la vida, Hisao se mete en el negocio del ramen y la niña Akiko en el colegio. El problema surge cuando Hisao se mete en el negocio del opio, que venía camuflado entre los fideos de arroz. Ellos se alejan y apenas se ven. ¿Y la moneda? La moneda era la clave que utilizaban para hacer los pedidos de opio. Era algo así como una huella digital. Quien tenía la moneda tenía la puerta para hacer pedidos y transferencias. Akiko quería para ella todo el negocio.

Escuché en silencio. Luego le conté mi relación con Akiko, el acuerdo, la muerte de Hisao, el secuestro y la matanza de hacía un rato. De lo que no dije ni *mu* fue de Hisao y el tema del porno, que esas cosas son muy íntimas y a saber si el hombre después de tanta relación gay estaba explorando nuevos terrenos. Tomé la *katana* con las dos manos y se la ofrecí ceremonialmente.

El *sensei* Naganao unió sus manos despacio y luego, ceremonialmente, levantó la palma de la mano izquierda.

–*Keep it. You have the courage of a samurai. Live with honor.*

Ahora él debía enseñarle la última lección a Akiko. Si ella había tenido tiene el coraje de desafiar a su familia, tenía que tener el coraje de admitir su derrota y morir.

–*Sayonara, sensei Ramos.*

–*Sayonara, sensei Nagano.*

Nos saludamos inclinando el torso.

Salí del *dojo* y me fui con mi padre y mi hija a tomarme unos fideos con caballa a la playa. Como lo oyes.

El sol se asomaba entre las nubes del otoño; una docena de *surfers* enfundados en sus neoprenos disfrutaban de las olas cerca del *pier* de Hermosa Beach.

Es ahora que yo te cuento,
es ahora que no te grito,
es ahora que no me vengo
de los golpes de un delito
con las fuerzas que tengo.

For every punch you gave
get another one in your face.
For every insult you said
stay out of words.
For every love you broke
die of loneliness.

IX. LA CAÑA

Tengo yo mi alma en juego,
¿quién se la quiere jugar?
Temo que venga el diablo
y se la quiera llevar.

No creas que no lo hago. Hay momentos en que me planteo si tanta muerte merece la pena. Le doy muchas vueltas. Le doy vueltas a todo. Y sí, hay algún día que arrastro un poco de culpa pero luego me acuerdo de cuántas mujeres han muerto, han sido maltratadas y a las he sacado de un apuro, y lo llevo mejor... Ser mujer y sicaria es duro por lo de ese reconcome que los hombres no tienen. Ellos lo sueltan y ya se quedan tranquilos. Igual que ese venenillo que fabrican que, o lo sacan fuera, o se les va metiendo en el cerebro en forma de maldad. Yo le doy vueltas a todo, ¡vamos que si le doy vueltas!

Y luego está lo de Luck, que el tipo me gusta mucho y esas cosas. Que me apetece volver a verle para otro avío, pero como madre soltera, y visto lo visto, que la Encarna se cosca de todo, mejor que corra el aire, pero también tanta contención puede ser perjudicial para mi salud mental. Tengo ganas de verle. Pero es que mañana tenemos el primer ensayo de baile flamenco para la función de fin de curso del *preschool* de Manhattan Beach. Todo se mezcla: sicaria, madre y cuerpo que lo aguante.

De los yakuzas no había vuelto a saber nada, por si te lo estabas preguntando.

La caña es el palo más importante del flamenco, la que se ha dado en llamar el tronco primitivo de los cantes andaluces, un cante melancólico que derivó en la soleá. La caña comienza con un lamento.

«Aayyyyyy».

Faltaban tres días para la gala presidencial. Mi padre y yo habíamos quedado con Perry Samuelson en el Waldorf Astoria en Beverly Hills; queríamos ver el escenario, la sala donde íbamos a actuar, y yo además quería calcular la distancia a la que estaría mi *target*: Potus, que es así como llaman en clave al presidente americano los de su Servicio Secreto.

Mi padre me pasó a recoger con su inseparable Oldsmobile 442 de color rojo. Ya desde el coche pude comprobar como el vehículo oscuro que había estado aparcado y vigilante esos días iniciaba el recorrido a cierta distancia del nuestro. Yo estaba convencida de que eran los que guardaban al Potus y a la Flotus, la primera dama.

Todavía me dolía el costado y los hematomas estaban pasando del rojo al amarillo. Me puse una buena capa de maquillaje cubriente y una sombra de ojos oscura, también me coloqué las pestañas postizas para realzar la mirada. Trucos.

Perry Samuelson nos esperaba en la puerta acompañado del jefe de seguridad del hotel, un tipo como un armario de tres puertas trajeado, y una mujer fibrosa que vestía una elegante chaqueta y pantalón azul marino que parecía de la escolta del presidente.

Samuelson se presentó en exceso cariñoso y un poco sobón, que para mí que se había tomado un *shot* antes de desayunar. Lo de los *shots* de bourbon o de tequila aquí es algo muy típico. En América les encanta la vía rápida para pillarse una cogorza. Todo tiene que ser rápido y se meten tres o cuatro *shots*, tragos, y se agarran una curda de aquí te espero en menos de quince minutos. El *shot* es más tipo carajillo, para que lo entiendas. No tiene nada que ver con la copa de vino, que es como más elegante. Lo que te digo, que Samuelson tenía la voz un poco pastosa y le salía en exceso la lengua al hablar, lo que se dice que llevaba una media *tajá* y era por la mañana, que a saber cómo estaría por la tarde este hombre si no se echaba una siesta.

Mi padre nada más verlo lo miró de lado y me dijo al oído, mientras caminábamos seguidos por una agente trajeada y con un pinganillo en la oreja:

—*Ozú*, este tío debe estar catando todo lo que se ha de beber en la fiesta del bacalao.

—Pues el presi es abstemio, solo bebe Coca-Cola.

—Qué chungo, con los gases que da eso. Si es que lo digo desde el primer día: el mandatario superior es un *majao* que me da *cangelo*. *Ciezo* el *pisha*, con ese flequillo *chalao*, que parece que se ha *echao* el tinte que sobraba de la camiseta del *Cai* club de fútbol. Si va *pa* allí lo mandan a La Carraca de San Fernando o de costalero para que se le quite la bobería, *acomosí*. Y el *angurría* este que se ha *bebío* hasta el agua de las peceras el *hijoputa*, mira cómo anda, que hace más eses que una culebra saliendo de un *bareto* de Chiclana.

—Papá, que te van a entender los del servicio secreto.

—*No ni na*, ¿qué *e* eso del *Servisio* Secreto? Parecen unos tipos ocultando una taza de retrete *pa* cagar a escondías. En *Cai* todos los *servisios* son públicos, *ná* de secretos.

—Vaya guasa que tienes, cómo te has levantado hoy. Afirmo y no pregunto.

—Pues ya ves, esto del flamenco presidencial es lo que tiene, que te anima de *to*.

—¿Y con la Nuria, qué?

—¿Qué de qué? *Cusha*, sigues de capillita *re* que *re*, ¿y qué si me acuesto o me dejo de acostar con la independencia regional? Uf, *paices* una *chalá* matando *cocorocos* a *cosquis*. La Nuria es una buena amiga, y no quiero hablar de estas *chuminás* tuyas ahora que hemos *venío a arría la carná*, *semos* profesionales y estamos a lo que estamos. ¡Tira ya, *quilla*!

Dos hombres del servicio de seguridad abrieron las puertas para que entráramos en la sala donde se iba a celebrar el banquete.

Estaban preparando el inmenso salón. Tres agentes trajeados vigilaban de cerca a los camareros que colocaban con esmero las cuberterías en las mesas. Todo con mucho dorado. Un policía con perro se paseaba por la amplia sala del hotel.

Mi padre se dirigió al centro de la sala. Macareno Ramos comenzó a dar palmadas; quería ver la sonoridad del sitio.

Clap, clap, clap...

Y ahí mismo, a pelo, comenzó a dar palmas por bulerías, un compás de doce tiempos.

Clap-clap, clap-clap, clap-clap, clap-clap, clap-clá.

Inspirado estaba, con ese *age* de la impronta flamenca que deja en silencio los lugares.

Yo me fui andando al escenario que presidía la estancia. Tal y como habíamos pedido, lo habían cubierto de tablas largas para incrementar la sonoridad de las pisadas. Dos operarios colocaban el último tablón. Subí los tres escalones, me paré en medio y comencé un taconeo lento y cadencioso sobre la madera.

Tac, tac, taca, tac.

Tac, tac, taca, taca, tac...

Que mi padre me contestó andando a paso lento por el pasillo central dando palmas huecas y los brazos a la altura del estómago. Templando.

De repente ahí no se movía nadie; hasta el perro olfateador de explosivos se había sentado a escuchar. Los dos operarios que estaban colocando los listones pararon y continuaron arrodillados junto a las tablas como dos penitentes después de comulgar en la misa del domingo a las doce.

Yo que cerré los ojos y comencé un zapateado que, según se crecía, helaba el alma. Sola, con el golpe de mis tacones sobre la madera anudada y las palmas de mi padre que escuchaba marcando el compás en la distancia. Dando caña en un tablao para un público que no lo esperaba. La caña se baila con bata de cola, mantón y castañuelas; yo tenía puesto un pantalón ceñido, una camisa negra y el pelo recogido por un pañuelo rojo y me movía con la cara tensa e inspirada.

Tac, tac, tacatá, tacatá...

La palabra caña tiene su origen en los azotes de castigo que se les daban a los condenados y que eran infligidos con palos o cañas.

Tac, tac, taca, tac.

Tac, tac, taca, taca, tacatá...

Dar caña, dar estopa, dar cera. Todas expresan el tormento del verdugo a su víctima. Golpear. La estopa es la parte basta del lino o del cáñamo, materiales con los que se elaboraban los látigos o azotes. Dar cera era el máximo de los suplicios, cuando los ésteres derretidos se vertían sobre las llagas hechas por los latigazos para que no cerraran nunca, para que las cicatrices fueran cordilleras infranqueables en el mapa de la piel de un condenado.

Tac, tac, taca, tac.

Tac, tac, taca, taca, tacatá.

Miré al frente. Ahí estaba la mesa presidencial. Y la silla donde el susodicho aposentaría sus respetables y anchas posaderas. Estaría a unos veinticinco pies, algo más de siete metros y medio, una distancia perfecta para el impacto.

Tac, tacatá, tac.

Paramos a la vez palmas y pies. Se hizo un silencio.

–¡*Olé*!

Uno de los operarios que estaban arrodillados había gritado la palabra clave del flamenco. Me giré para agradecérselo con una sonrisa.

Ese ojo a la virulé y estrábico que me miraba me era familiar.

–*Hi, Jared, how are you?*

Jared Duke, el antiguo percusionista de mi padre, se había dejado barba. El supremacista había cambiado el cajón por la colocación del entarimado de madera. Jared, el ex-marine de Minnesota, me miraba sorprendido y yo diría que arrepentido de su impronta gitana.

Mi padre lo vio y se acercó a saludarlo. Samuelson y sus dos acompañantes cuchicheaban señalando al hombre.

–*How is that life going, pisha? Are you putting the floor for the show? You will be happy…*

–*I think you are wrong, sir.*

Seco. El hombre del olé, ahora barbudo, que siempre iba armado con una Glock y con ideas como «*Americans First*», que si la segunda enmienda y que si «*America belong to us*», estaba nervioso. Me fijé en su acreditación; aparecía el nombre de John Knight. Era otro nombre. Se había degradado de duque a caballero y se alejaba de nosotros camino de la puerta. El otro operario, que había estado arrodillado y sin moverse, salió tras él. Era un hombre musculoso y con la frente un poco salida; como un cromañón vestido en un *outlet* de marcas. Extraño.

–Por la gloria eterna de tu *mare*, que ese *gashó* era el Jared, que esa mirada *terenquenbeque* no la olvida uno en toda su vida. Y con esa barba que parece el Cristo de Nuestra Señora de Todos los Males.

Perry Samuelson se acercó con una copa en la mano. Los ojos se le iban un poco. No creo que lo de Jared sea contagioso. Y se metió un lingotazo. Mi padre contestó sin perder de vista a Jared, que abandonaba la sala con su compañero musculoso.

–*Yes, yes it´s fabulous.* –Macareno contestó por cortesía y luego dirigiéndose a mí–. ¿Te has *coscao*? Este Jared tiene el gato encerrado.

–*Gato enserado* –repitió Samuelson sin saber qué decía mientras daba otro sorbo a la copa de oloroso coñac y sacaba de un bolsillo interior de su chaqueta un sobre que entregó a mi padre. La primera parte del acuerdo estaba en el cheque que había en su interior. La otra mitad se pagaría después de la actuación para el presidente. Que yo pensé: «*Voy a cobrar por dos trabajos que iba a hacer a la vez; eso se llama aprovechar el talento*».

I have my soul at stake,
who wants to play?
I fear that the devil comes
and wants to take it.

X. CAÍDA

No quisiste verlo.
Enfrentaste a dos mitades,
las partiste como un hacha.
Una ya no te escucha
y la otra ya no te habla.
Hay cuarenta y cinco,
hay cuarenta y cinco
que la rima me lleva sola
a tu espalda con ahínco.

Jugaste a separar.
Para ganar la partida
que los rusos te ayudaron
con sus máquinas de huida
y con fakes os castraron.
Hay cuarenta y cinco,
hay cuarenta y cinco
el verso se cierra solo
en tus posaderas, de un brinco.

Ahí estábamos, de pie entre las bambalinas, esperando salir. Mi padre, Nuria, Miguelito y yo; los cuatro dispuestos a darlo todo sobre las tablas. Mi padre en el último momento intentó traer a dos chinos y a una gallega, Amparo Patiño, de Cangas de Morrazo, afincada en Echo Park, para «*hacer burto*», dijo, pero los del Servicio Secreto no los dejaron entrar. Normal, sin acreditación ya me dirás.

–Estoy *esmayao* –dijo Macareno–. Tanto olor a *caramales*, ¡me están entrando unos retortijones!

–Anda la hostia Maca, yo tengo un *tripazorri* que me comía un camión de hamburguesas de Inn Out –Miguelito se ajustó la chaqueta negra, que le iba reventona.

Nuria se retocaba con la barra de labios rojo bermellón.

–El que *jo donaria per una bona espardenya* que prepara mi madre, que los hace con su arroz y sus castañas. Están *per morir-se de bones.*

–¿Espardeña, qué es eso pues? –Miguelito Azcuna se desentumecía las manos haciendo sonar las articulaciones.

—Las espardeñas son chanclas, como *andalias*, *arpargatas* de *toa* la *vía* que se agarran con cintas —respondió mi padre.

—*També són això, ¿que no conoceis les espardenyes de mar?* —Apretó los labios para expandir el color—. ¿Pero de qué país sois? ¡Almas cándidas!

—Ay la virgen de Urrategui; en Azcoitia no tenemos de eso, cago en... —El percusionista vasco se crujió los dedos.

Crack.

—Qué pena me dais, Miguelito. *Les espardenyes són un cogombre* de la mar, un pepino, un manjar de dioses.

—¿Un pepino, *manjá* de dioses? —saltó Macareno—. Donde esté una tortillita de camarones o una caballa con piriñaca, *fú*, que se quite *to* eso.

—*Escolta*, eso me parece, que en el resto de España no se pasa de la sartén y la carne de olla, el cocido. En Cataluña tenemos *el pa amb tumaca, l'escalivada, les botifarres, els calçots, el fricandó, tenim de tot*, tú.

—*Cusha* Nuria, *quemasangres*, mira que sois... que utilizáis hasta la comida con esto de la independencia, *jartibiri* estoy.

—¡Qué *jatorra* eres, hostia! Pues donde esté un buen *marmitako*, una *goxua*, esa merluza a la *koskera*, con unos *txikitos* de txacolí, anda pues, y la *intxaursaltsa*, me cago en la mar.

Yo como soy americana no entré en ese enredo tan español de la comida de cada uno que no entiendo; estaba a mis cosas.

Si me preguntas por el ensayo para la función de fin de curso de las niñas te diré que había sido un éxito. Que tenía a Luck que no paraba de mirarme todo el rato. ¡Estaba de un a gusto con su mirada en todas mis partes! Las veinte niñas que hacían lo que podían al ritmo de *Malamente* de Rosalía y Luck mirándome embelesado, que al terminar se me acercó para decirme que podíamos quedar un día también con las niñas para pasear y cenar juntos. ¡Qué guapo es! Tan afroamericano él...

Al otro lado del escenario lo vi; era el tipo que según él no era él. Era Jared Duke, igual que el otro día, con su barba *hipster* y su ojo estrábico. A su lado, el compañero musculado miraba a la sala abarrotada por más de quinientas personas que estaban donando dinero para apoyar la nueva campaña presidencial del mandatario de Nueva York. Me imaginé que ellos debían estar trabajando en el servicio de instalación de luces y escenario para el hotel. Avergonzado estaría Jared de haber dejado el flamenco por un empleo en la instalación de eventos hoteleros.

Nosotros estábamos esperando en la sombra desde una posición donde el ex-percusionista y ex-marine de Minnesota no nos veían. Ellos, los instaladores, estaban en una conversación de monosílabos; pude leer en los labios del culturista *«wait»*. Estaban esperando.

Era él, ¡vamos que si era! Ese ojo torcido lo delataba, Jared Duke. Cerca de donde aguardaban los dos hombres que habían instalado el tablao había una agente del Servicio Secreto que tenía la vista puesta en Potus. Ella portaba una Sp5k Heckler Kock preparada para su uso inmediato. Elegantemente vestida y con el pinganillo en el oído aguardaba tensa con una mirada que se paseaba escrutándolo todo.

Yo estaba tranquila; me ajusté el clavel que reposaba en mi escote. Bueno, no tan tranquila. Pero estoy segura de que a estás alturas querrás saber cómo lo voy a hacer para cumplir con el encargo que Henry Brand me había hecho.

Mira, esta es la idea.

La clave de todo está en el clavel que llevo aposentado entre mis pechos, en el canalillo vamos. Te cuento. Después de mucho pensar, me dije, ¿dónde se va a fijar el *target*, mi objetivo, con la fama que tiene el tipo de depredador sexual? Pues ahí, claro, en el clavel, ¿dónde si no? Había elegido una flor de plástico pero que parecía muy natural. Yo le había agregado una aguja larga de acero; era como un dardo. Luego la había impregnado con la batracotoxina que había utilizado con Hisao Izumi, pero con menos cantidad. La idea era bloquear los impulsos nerviosos del objetivo con las secreciones de la pequeña rana amarilla selvática; luego enfundé la aguja ponzoñosa del falso clavel en una funda metálica que cosí en el escote de la bata de cola que me habían hecho especialmente para el acontecimiento. Ahora la flor roja reposaba en mi canalillo. Insinuante.

Te cuento a ti lo del traje de faralaes porque sé que te interesa. Te vas a quedar de piedra... me había hecho un traje de flamenca inspirado en la bandera americana. Espectacular. Todo el cuerpo cubierto de estrellas y la cola eran las bandas rojas. ¡Uh! Iba que parecía la estatua de la libertad en color.

Pero volvamos al asesinato que no debía serlo.

Entonces la secuencia es: yo estoy bailando, *tum tum, tum tum,* y cuando termino desenfundo el clavel sujetándolo por las hojas, beso el clavel, lanzo el clavel y el presidente coge el clavel, huele el clavel y su pequeña mano entra en contacto con la toxina de la rana; entonces le da un no sé qué y los del Servicio Secreto se lo llevan a la carrera al hospital más cercano. Yo me acerco, recojo el clavel y me lo enfundo donde estaba, cubriendo la generosa hendidura entre mis pechos.

Bueno, esto es lo pensado; luego tendré que improvisar, como siempre.

Música de fanfarria y escucho que Samuelson nos presenta; era el momento de la actuación. Salimos escuchando el ruido de nuestras pisadas y algún aplauso perdido. Más bien frío el ambiente recaudatorio.

Ahí estaba él con su móvil en la mano, que parecía que iba a enviar un *tuit* y me miraba como si me fuera a despedir. Manos pequeñas, tupé y barbilla al cielo, que aun sentado parecía que estaba por encima de los demás y mirando como si fuera a empezar a llover. A su lado se sentaba Perry Samuelson, el anfitrión, que no paraba de mirar la reacción del mandatario buscando su aprobación, un poco actitud de perrito faldero.

Henry Brand, el anciano republicano y muñidor de la trama, estaba sentado en una mesa cercana y aplaudía y reía mientras los del cuadro flamenco ocupábamos el escenario con solemnidad.

Nos situamos cada uno en nuestro lugar. Silencio.

Mi padre arrancó con la guitarra al ritmo de bulerías con la letra de *This land is your land* de Woody Guthrie, el más grande cantautor americano de todos los tiempos, y su canción emblemática con un aire flamenquillo. Nuria lo seguía con las palmas y Miguelito con el cajón.

> *This land is your land, this land is my land*
> *from California to the New York island.*
> *From the red wood forest to the Gulf Stream*
> *waters*
> *this land was made for you and me.*

Pasmados se quedaron en la sala, que el flamenco combina con todo. Y yo me arranqué mayestática, altiva, que parecía la Flotus saliendo del Air Force One. Pero ella no estaba, que se había quedado en la Casa Blanca. Se dice que está hasta el gorro de él y de su misoginia. No es ya que duerman en camas separadas, que lo puedo entender porque ronca, es que, por lo que se ve, al presidente le encanta comer hamburguesas en la cama para cenar mientras mira cuatro pantallas de televisión a la vez. Mira, mira, que las mujeres por ahí no pasamos, que no hay nada más incómodo que acostarse entre sábanas llenas de migas de pan, ¡o yo que sé!... Que se pringuen de aceite las sábanas con mayonesa. Por ahí no paso yo, y se ve que la Flotus tampoco.

Le miré fijamente y él bajó la mirada al clavel de mi escote con una sonrisa torticera. Ahí lo quería yo. Centrado. A su lado Perry Samuelson sonreía más que un actor octogenario después de un estiramiento de cara.

Me movía flamenca, descarada, calé, cañí, gitana sin serlo, gitana a sabiendas, chula, insolente y desafiante. Muy mujer. Una bandera ondeando al viento.

La imitación artificial de la flor de las hojas angostas y los pétalos festoneados aguardaba arropada, sujeta, envenenada, esperando su momento.

Nadie puede detenerme,
mientras voy caminando por esa carretera de
la libertad;
nadie puede hacerme retroceder,
esta tierra fue hecha para ti y para mí.

El momento había llegado.

Hago un giro y me llevo la mano al clavel de mi escote para besarlo y lanzarlo a la mesa, al mandatario de piel naranja. Pero cuando estoy en mitad de la vuelta me fijo en que el Jared tiene una pistola en la mano y luego veo que el otro instalador, su compañero musculoso, apunta con un arma a la cabeza de la gente del Servicio Secreto, que lleva un fusil de asalto y que está paralizada por la sorpresa.

Yo que me saco el clavel y se lo lanzo a un ojo al hombre hiperproteinizado como un dardo en busca del corchito rojo de la diana.

¡*Zas*!

El tipo cachas que me mira desconcertado con el ojo sano, el otro con el clavel ocupado. Y grita, aúlla de dolor.

—¡*Aaaaaaaaaaaay*!

Era un grito y un lamento.

La caída es el final del cante, cuando se cierra el embrujo de la palabra, la guitarra, las palmas y el baile. Luego vienen el silencio y los aplausos.

El hombre musculoso suelta el arma que apuntaba a la mujer elegante de los Servicios Secretos, luego cae de rodillas entre espasmos con el clavel incrustado en el globo ocular.

En un segundo, la agente liberada del encañonamiento a traición me agradece el gesto con una mirada cómplice y apunta a la cabeza al culturista mientras grita por el pinganillo.

—¡*Weapon*!

Jared, el estrábico, entró en el escenario por un costado con la pistola apuntando al presidente y gritando:

—*Traitor, make America great again*!

Que yo me fijé y que el hombre era bizco, que decía que no era él; vamos que si era, no apuntaba bien.

En ese instante cuatro agentes del Servicio Secreto se abalanzan sobre el Potus y lo tumban, que parecía una *melé* de rugby de la selección de Nueva Zelanda.

La elegante agente que entra en el escenario y apunta al ex flamenco reconvertido en magnicida que sigue dirigiendo su arma a la sala.

Samuelson grita histérico con el puño en la boca, muy amanerado. Muchos invitados se tiran al suelo y otros muchos sacan sus móviles para grabar el atentado y colgarlo en YouTube más tarde.

¡*Plamk*!

Mi padre le descarga la guitarra en la cara al Jared con todas sus fuerzas, el terrorista supremacista norteamericano suelta el arma y cae inconsciente sobre las tablas. Un guitarrazo para la historia de América.

Todo fue muy rápido. Apenas unos segundos.

Los dos americanos radicales yacían sobre el escenario que ellos mismos habían instalado.

Yo estaba con las manos en jarras, mirando el clavel clavado en el ojo del culturista.

Es lo que tienen los planes: que nunca salen como los has pensado.

El presidente era ayudado a levantarse del suelo enmoquetado. Despeinado, que parecía un gato después de un susto. Aquí llamamos *pussy* a los gatitos; el *pussy* en América también viene a ser la palabra «coño» en España. Pues eso, que parecía un *pussy*, con la tez blanca y la corbata azul de lado.

Potus se me quedó mirando desconcertado y lleno de temores. Había rozado la muerte pero seguía vivo. Estaba rodeado de seis agentes con sus armas preparadas para disparar que lo agarraron por todos los lados y lo sacaron de la sala en volandas camino de un lugar seguro.

Me quedé mirando como lo llevaban, que tengo la sensación de que en su vida se va a olvidar de esta *salía* tan flamenca, que parecía un tumulto de directivos celebrando una subida salarial a cámara rápida.

Ahora lo sabía, tal como lo había previsto Henry Brand. Los mismos que él, el presidente, había alentado a salir de cuevas llenas de sombras extremistas, se habían convertido en sus mayores enemigos. No hay mayor antagonista que el que te apoyó una vez, al que le prometiste todo, incluso matar por él y luego no lo hiciste. Tanta promesa, amenaza vía Twitter, y luego ¿qué? Al matón de la clase lo derriban sus propios adláteres cuando detectan su debilidad. Los problemas nunca están al otro lado de un muro, están en tu tierra. La amenaza nunca viene de lejos vestida de pobreza, está a tu lado disfrazada de millones.

Me agaché junto al hombre musculoso que estaba petrificado y desclavé el clavel de su ojo. La agente del Servicio Secreto seguía apuntándole con el subfusil.

–*It was from my mother* –le justifiqué la recogida del clavel y ella asintió como mujer que entiende el significado de las cosas.

La pupila del hombre se había quedado en blanco.

Miré a Henry Brand, que seguía sentado en la mesa sin moverse, sin inmutarse, mirando el espectáculo con una sonrisa en la boca. Cuando me vio tomó su copa de vino y la levantó como brindando por mí. En su rostro distendido se leía lo de «*misión cumplida*».

Cuando salimos del hotel estaban todas las cámaras de televisión, policías, chóferes recogiendo a los damnificados de la gala. Ni nos habíamos cambiado. ¡Un follón había montado! Y yo con la bata de cola hecha con la bandera americana.

Entre los flashes volví a ver al anciano Henry Brand que, con una sonrisa y negando con la cabeza, subía al coche ayudado por un joven con gafas. Me di cuenta en ese momento de que era el mismo hombre y vehículo que habían estado toda la semana delante de mi casa vigilantes. El anciano se sentó con fragilidad, el joven de las gafas cerró la puerta; luego el vehículo oscuro se alejó por Wilshire Boulevard.

–*Joé*, Lola, tienes agallas *quilla*, como tu *mare*. Cómo le clavaste el *clavé* al *pisha* en *to* el ojo. Ese *clavé* parecía envenenado, muy peligroso, *ozú*. ¿Qué ibas a *haser*, matar al presidente? A ese le falta un *hervó* pero no como para matarlo –Mi padre llevaba el mástil de la guitarra en la mano.

–¿Y eso? –le señalé lo que quedaba de su instrumento musical.

–Nada, que se me ha *ocurrío* subastarla en Ebay –mi padre me guiñó el ojo–. ¿Es listo o no es listo tu padre? *Ozú* con el Jared, me cago en todos sus muertos; con esa cara de *babeta* que tenía lo dejé reventado con un *strike one*. Mira que si ahora me animo a jugar al béisbol…

–Te tendrás que comprar otra guitarra –yo me quedé mirando unos instantes la luna–. Sabes, papá, el primer músico que rompió su guitarra en el escenario fue Pete Townshend de The Who, un rockero.

–Ja, la próxima guitarra me la compro de hierro *fundío*… Salvamos al vaina del flequillo, que los republicanos

nos van a montar una caballada –y exclamó Macareno–. ¡Ahora somos unos héroes americanos!

–Superhéroes –apostillé.

Las cámaras de televisión y los fotógrafos nos habían rodeado; una veintena de micrófonos intentaban conseguir alguna declaración. Las imágenes de los dos flamencos salvando al presidente estaban en las redes sociales dando la vuelta al mundo.

Una semana más tarde estaba paseando con Luck y las dos niñas por el parque sobre los acantilados de Point Vicente en Rancho Palos Verdes cerca de la cala donde comenzó esta historia. Desde el hermoso paseo se ve el océano plano e inmenso y si te fijas con detenimiento ves los chorros de agua que expulsan las ballenas en su travesía perpetua. Las niñas corrían detrás de una pelota en la pradera que hay junto al aparcamiento.

Y no creas que no me acuerdo de Akiko Izumi y sus yakuzas, pero tengo la sensación de que me voy a cruzar con ellos tarde o temprano. Tengo una vida entera para saldar las deudas, si no lo ha hecho ya el *sensei* Nagano.

Luck me tomó de la mano cuando sonó mi *smartphone* y estuve a punto de no cogerlo.

–¿Estoy *platicando* con Lola Ramos? –era una voz de mujer elegante.

–Sí, soy yo.

–Hola Lola, soy Julia Entrepinos. Me ha dado tu teléfono una buena amiga común, Emilia McArthur. Te necesitamos en México.

Luck, que no sabía de lo que estaba hablando, me sonrió y levantó el pulgar.

Yo estuve un momento en silencio y luego dije:

–Cuenta conmigo.

> *No vale nada la vida,*
> *la vida no vale nada.*
> *Comienza siempre llorando*
> *y así, llorando, se acaba;*
> *por eso es que en este mundo*
> *la vida no vale nada.*[1]

____

1   José Alfredo Jiménez.